客舟聽雨

龙 辉 著

上 海 古 籍 出 版 社

图书在版编目(CIP)数据

客舟听雨／龙辉著. —上海：上海古籍出版社,2004.7
ISBN 7—5325—3715—3

Ⅰ.客… Ⅱ.龙… Ⅲ.散文－作品集－中国－当代 Ⅳ.I267

中国版本图书馆 CIP 数据核字(2004)第 026534 号

客 舟 听 雨
龙 辉 著

世纪出版集团
上海古籍出版社 出版、发行
(上海瑞金二路272号　邮政编码200020)
(1)网址：www.guji.com.cn
(2)E－mail：gujil@guji.com.cn
(3)易文网网址：www.ewen.cc
新华书店上海发行所发行经销　　上海古籍印刷厂印刷
开本850×1156　1/32　印张5　插页2　字数110,000
2004年7月第1版　2004年7月第1次印刷
ISBN　7 — 5325 — 3715 — 3
I·1704　　定价：18.00元
如有质量问题,请与承印厂联系T:64063949

朴实真挚的人生感悟
——序

彭庆元

　　南国的天气今年似乎有点反常，甲申春节过后，太阳就藏起了它的笑脸。打从立春那天开始，深圳雨水就像一根扯不断的丝线，淅淅沥沥下个不停，在我的窗前织成了一张明亮而密集的雨帘。细雨敲窗好读书，恰在此时，龙辉先生送来了他的书稿《客舟听雨》，请我为之作序。漫步字里行间，我仿佛又一次沐浴在"好雨知时节，当春乃发生"的绵绵春雨中。一边静听帘外雨声，一边走马书中光景，倒也别有一番情趣。而久久浸润于心的，却是他笔下那浓浓的诗意。

　　和当今许多同龄的文化人不同，出生于赣南山区的龙辉自高中毕业后便投身于知识青年上山下乡的洪流之中，为自己的人生经历打下了强烈的时代胎记。其后，他当过兵，做过排字工人、报纸校对，干过党委秘书，出任过大型国有企业的领导，期间又上过大学，攻读经济理论，做过贸易公司的老板、旅游公司的总经理，最后才漂泊到文化艺术的棋局中。这种"下过乡，扛过枪，当过领导又经商"的特殊的人生历练，不仅使他积淀了丰富的生活经验，同时也为他多视角地观察社会提供了难得的机遇。老区、特区的精神迁徙，人生命运的角色转换，使他得以重新静下心来看待一切，思考一切。加之他自已在生活中磨砺出的那种"坐看庭前花开花落宠辱不惊,笑望天上云卷云舒物我两忘"的从容淡定的心境,不为名利物欲所累,兀自握笔摇曳行文,才使得我们今天能读到眼前这一篇篇洞察生活、感悟人生的美文。

正如他的调色板似的人生履历一样,龙辉的散文题材比较宽泛,大多反映的是他色彩斑斓的人生和四处漂泊的生活。以全书而论,《山情水恋》一章记录的是他在人生各个阶段中足迹吻遍神州大地、海域天涯的感悟;《屐痕处处》宣泄的是他在生活的各个不同场景中触景生情,于心灵深处过滤提炼的真思;《艺海听涛》书写的则是他在实践中与各类艺术家、收藏家交往中的友谊。而不论是他经历的何种事件、何种场面,捕捉到的何种感悟、何种体验,龙辉都能写得朴实自然,情感真挚,不矫饰,不虚枉,不做作,不拿态。我以为,这是他为人、为文的一贯风格。漫步蛇口海滨,隔海望香港,在一般人眼中,那是个纸醉金迷、物欲横流的天堂。然而初涉特区就深谙人世沧桑的龙辉"老表",却能从霓虹灯下四处飘荡、摩天高楼夹缝中为生活苦苦打拼的香港人身上看到"他们和我们一样:为前程而憧憬,为生活而烦恼"(《漫步在蛇口海滨》)。寥寥数语,就为醉眼蒙眬看香港人洗去了一层虚幻、神秘的面纱。一顶普普通通的竹编斗笠,因为是自己所敬重的老人亲手所编所赠,浸透了一股浓郁的乡情,又凝聚着上山下乡、历经风雨的一份难以割舍的情思,多年后"读着这封来信,望着家中悬挂的那顶斗笠,我泪眼模糊了。人生之旅,怎么也走不出故土纺织的阡陌,怎么也走不出曾经热血冲洗过的沟渠"(《斗笠情》)。这种恋乡恋土的情结,多么诚挚感人、真实可信!即便是身患重疾,久居病中,他也能从与各色人等的交往中悟透人生、看破红尘,感悟生命之可贵:"病是一支永恒的歌,引亢高歌过的人,或许不会再站在春天的枝头上虚度年华,或许不会再畏缩在秋风的夕照中追忆生命远逝的旧梦……"(《病中》)时时处处,渗透出一种乐观向上、积极健康的人生态度。

一般而论,散文自由短小,活泼快捷,题材广泛,"叱咤惊雷的,讴歌赞美的,剖析事理的,谈笑风生的,给人以思想启发和美感陶冶的,我们都需要"(《秦牧散文创作谈》),是拿得起放得下的最方便最锋利的文学样式。然而唯真短小,就更要求文章在简短的篇幅中叙事明理,不拖泥带水。以此观照《客舟听雨》,每篇少则几百字,多则不过千余字,但多能于不长的篇幅中悟出某些人生哲理。诸如《感悟黄山》中作者于山水云烟中顿悟的"天人合一",《秋登郁孤台》中对历史的凭吊,《家住白鹭》、《杜鹃花盛开的时候》对乡梓的怀念,以及《季夏之夜听蛙歌》、《在银色的月光下》对年轻时情感生活的反刍,都是于平淡中见真情、于细微处见精神的佳构。

金秋的果实总是向勤奋的农夫鞠躬。龙辉是勤勉之人,从刚刚踏入社会的 16 岁人生之初,他便开始写日记,迄今已二十余载。每有心得,必记于纸上,日后再慢慢咀嚼、提炼、构思成篇。他牢记着美国心理学家品尼碧加博士的一句箴言:"真实纪录心中的烦恼,感到身心轻松,你的免疫系统功能会得到加强,血压也会降低。"这种幽默自信又不乏求实的精神,一直支撑他笔耕不辍。我想大凡成功者,都不会忘记勤劳是收获的母亲这一坚实的生活信条。

纵观龙辉的文字,朴素平淡、感情真挚、直抒胸臆是其长处,但读得多了,有时也略显内容单薄,缺乏凝重之感。一如硬币的两面,难以求全。这不知是否与他的漂泊心态有关?"自乐平生多旷闲,不求富贵不为官。墨香日晕三千纸,胜似子陵垂钓竿",一边以张伦的闲云野鹤之态墨海翻浪,一边又以宋人蒋捷"壮年听雨客舟中"的心态捉笔为文,潇洒倒是潇洒,但客居的感觉与痕迹却在文字中处处可见。客居是一种生活状态,它有时会为游子催生出许多思乡的美文,但无根的感觉有时又会阻滞作者对新的精神栖息地的寻找。深圳以一个遥远的小渔村从历史的深处走出,经过二十多年翻天覆地的巨变,早已成为一个令世人刮目相看的现代化海滨国际城市。其间,也都有大量"新客家人"挥洒的汗水。因而深圳的城事、人事、情事都还有龙辉及龙辉们"大有可文"的发展空间,这是笔者殷切寄望于他的。

须知,行囊落下是故乡。

目 录

2

履 痕 处 处

艺 海 听 涛

山情水恋

漫步在蛇口海滨

　　从老区的赣江江畔,来到特区的蛇口海滨,星移斗转,不知不觉快四年了。无论是晴天雨日,繁冗的工作闲暇,我总爱漫步在蛇口海滨柔软的沙滩上,任浪花拍打我的心扉,任海风带去我的遐想……

　　蛇口的海,既不碧蓝澄透,又非辽阔无疆,近处蚝排遍布,远处云帆点点。我常常久久注视着朦朦胧胧的海面,透过薄雾,注视那灯火通明、近在咫尺的香港新界、元朗,彼岸车水马龙、高楼林立,对我们这些在赣江边长大的"老表"来说,似乎有几分神秘感。以前在家乡,人们常常议论香港,若有人从南粤归来,带着广东口音的普通话,就以为他们是富翁巨商,前呼后拥,待之以美味佳肴。在这里随时可遇上香港人,他们和我们一样:为前程而憧憬,为生活而烦恼。

　　每天来看海,总是看不懂她的内涵。我已经十分熟悉那由远而近、滚滚而来的涨潮声及蚝民们敲击蚝壳的细碎节奏。但总不知蚝民们那种孜孜不倦、劳作不息的劲头来自何方?我不是弄潮儿,没有强烈下海的欲望,只是不满足于内地那种生活,自己离开"铁交椅",无明确目的,无十分把握,只凭一门旅游专长,匆匆地闯进了这座旅游大都市。

4

　　那是一个暴雨滂沱、狂风肆虐的盛夏,海湾一改它平日的祥和和宽厚。波涛汹涌,乌云翻滚,天公用巨掌弹奏大海的琴弦,仿佛把人置于音乐大厅,欣赏着一场波澜壮阔、慷慨激昂的交响乐。在乐曲中我目睹一条在风浪中挣扎了几个小时的渔船,被精疲力竭的渔民拖上岸时,船身已是窟窿遍布、残破不堪了。我伫立在风雨中,心不由自主地为这些不幸的渔民而担忧。然而,我更被眼前的景象所震撼了。我惊讶地发现,当渔民们意识到他们长时间的舍命搏斗行将化为乌有时, 脸上的神情竟是那样的平静,他们毫无惊慌、毫无哀怨,带着胜利的愉悦,脚步趔趄着,奔走在风雨飘摇之中……

　　我不知道一条渔船的价值, 但是我却懂得一条船对渔民的重要性。在家乡时, 我就听说过广东沿海的渔民已富得冒油,可谁知道渔民们为致富所付出的代价?他们将多少年的积累才购得一条船,又用这船去赚得更多的财富;而这船,包括

蛇口海滨

船上所有的人,时时刻刻都有不可预测的危险。俗话说:"欺山莫欺水",可他们,偏偏将自己一生与大海搏斗! 我觉得,深圳也是海,时而碧波荡漾,时而浪涛翻滚;有暗礁,也有航标……要想在这里立足,既要凭实力,更要倾注满腔热血。

我不知道未来的道路上会碰到何种艰难坎坷,也难以估计等待我的将是怎样的命运。然而,只要漫步在蛇口海滨,我绝对不会有田园般的宁静之心、淡泊之志,我会用勇敢、坚定的步履去踏响人生的乐章,我会用无限的热情去拥抱明天、去拥抱太阳!

漫步在蛇口海滨,每一步踏出一首痛苦与幸福、艰难与欢乐的歌……

1992.5

南华寺揽胜

记得还是十年前去过粤北名胜南华寺,星移斗转,光阴荏苒,当时的情景,已经朦朦胧胧了。但是,古寺给我的印象,正如名画、名著一样,其精华部分却时时浮现在我的眼前,且与日俱增。金秋十月,正是满目秋色如画、层林尽染的时节,我携友兴致勃勃地重游古寺,了却一桩十年梦游的夙愿。

南华寺,是我国著名的岭南古刹胜地。它坐落在广东省曲江县马坝东南郊曹溪河畔,创建于南朝梁天监三年(504),迄今已有一千四百多年的历史。唐仪凤二年(677),禅宗六祖慧能主持此寺,发展禅宗南派,故有佛教禅宗"祖庭"之称。

那天上午,我们离开韶关下榻的宾馆,驱车沿着韶广公路奔驰,约莫半个小时,便到达了目的地。我们站在寺宇前的广场上,举目仰望,首先映入眼帘的是寺门上悬挂的"南华禅寺"四个金光闪闪的大字。寺宇四周群山逶迤,绿树葱郁,粉墙掩映,溪泉潺潺。寺院内楼榭殿宇,飞檐凌空,雕梁画栋,金碧辉煌。据说全寺建筑面积有一万四千多平方米,整个建筑群整齐、严谨、优雅、恢宏,是一件难得的建筑艺术珍品。

随着导游,我们走进山门,穿过放生池,来到了天王殿。殿内香烟缭绕,烛光闪闪,大殿正中是一尊祖胸露腹、箕踞而坐、满面笑容的弥勒佛。曾有联称此佛是"大肚能容,容天下难容之事;开口便笑,笑世间可笑之人",难怪乎人们称它为"欢喜佛"。大殿两面是"四大天王",增长天王掌青光宝剑一口,持国天王掌碧玉琵琶一面,多闻天王掌混珠伞一把,广目天王手中缠绕一龙。导游告诉我们,"四大天王"的任务是"各护一天下",象征着年景的风调雨顺。大殿守卫着后门的是韦驮菩萨,传说为南天王部下八将之一,在四天三十二将中以勇武著称。

我们沿着山势,拾级而上,渐步登临,到了气势雄伟的大雄宝殿。这里是全寺的中心建筑,是供奉佛教鼻祖释迦牟尼的殿堂,也是香火最旺的地方。大殿正中有一尊释迦牟尼的彩色塑像,它神情端庄,体态丰盈,含目凝神,显得温良敦厚。殿内最使我们感兴趣的还是四壁上的雕塑作品。瞧,那巨壁上塑造的百来个罗汉彩色塑像,形态各异,栩栩如生,有的粗犷剽悍,有的温文尔雅,有的静坐沉思,有的抓耳挠腮……我们流连于群像之中,就像参观一座人物塑像的展览馆。

参观大雄宝殿之后,我们移步长廊,来到六祖殿。这里是安放禅宗南派始祖慧能大师真身的地方。我们在慧能大师真身前驻足细看,只见他盘腿端坐,未戴僧帽,身披红色袈裟,双臂抱前,泰然入睡。据说慧能晚年主持南华寺,其改造过的南宗主张"我心即佛"的顿悟法,免却苦修即可成正果,这种简省方便的"顿悟"法吸引了众多的信徒。当年武则天要弘扬佛法,遂召慧能北上,慧能怕有危险不敢应命。武则天要慧能交出达摩传下的木棉袈裟,另以千佛袈裟作交换,从此衣钵不再往下传。慧能真身是南华寺的一件镇山之宝。据史料记载,这座真身早在一千多年前的唐代就被皇上诏勒为国宝。后经专家考证,这具尸体千年不腐,是经过入定、密封、干燥等程序而形成的,是中国式的"木乃伊"。这具真身对研究古代防腐技术和医学都有重要的科学价值。

8

走出寺院后门,我们乘着游兴来到九龙泉景区。这里山高谷深,浓荫蔽日,花草繁茵,山泉飞流,景色十分迷人。山麓旁,有一个不大的四方水池,泉水从一个石雕的龙头嘴涌出而流入池中。只见池面上雨花点点,池水清澈无瑕,澄碧见底。我们置身于山中,像有一支色彩斑斓的画笔,蘸上了阳光的金色,修竹的翠色,寺墙的红色,云霞的橙色,尽情地挥洒、涂描在我脑海那张雪白的画纸上,享受到了大自然赋予的温馨。

南华揽胜,意犹未尽。一路上我思绪的闸门怎么也合不拢,我的心灵被净化了,体验到了一种无比奇妙的幸福的颤栗。

1991.3

感悟黄山

　　黄山以奇松、怪石、温泉、云海四绝而名扬天下,当我登黄山时,却对云海独有情钟。

　　站立在狮子峰,"如羽化而登仙",峰林似海,烟云万状,山在虚无缥缈间。近睹:"猴子观海",峰顶北侧,一巨石状如猴子蹲在峰巅遥望北方,云海翻涌时,石猴在云海之上,飘浮欲动,忽隐忽现,最为神似;远眺:群峰

黄山云起

历历可数,忽见朵朵白云迎面而来,潮水般流入谷底,迅速淹没山峰……忽然,我也被白云罩住了,茫茫一片迷蒙难辨,只觉在微温的云气中享受着自然界的温馨。片刻间,又云开天青,汹涌的云潮退去,回望来路时,万壑千峰全被白云灌满,不觉产生一种奇妙的感受,进入了"身在白云间,何似在人间"的梦幻意境。

北海宾馆一宿美眠,天未亮便登上清凉顶,静候壮丽的日出奇观。此时的我屏声静气,久久地凝望着东方,忽见一方亮点,亮点慢慢扩散,半个天透出鱼肚白时,一轮鲜红鲜红的朝阳探出头来,继而,像一盏灯笼搁置于山垭口,往上跳动数下,冉冉升起,金光四射。俄而,再俯瞰脚下,山岚缭绕,白云潮水般地浸润着,荡漾着,流动着,山谷渐渐被淹没了,此时的我宛若站在一叶孤舟上,漂泊在汹涌澎湃、无际无垠的茫茫大海中,翻腾的云浪拍打着我的心扉……

游遍黄山,令我真正感受到了"天人合一"的哲理,踯躅于虚无缥缈的云烟之中,顿悟老子哲学中的"虚无"境界。山色有无中,隐隐约约,偶尔峥嵘,空灵至极。为人亦当如是,君子虚心,不可有恃无恐,人的品德自然也如黄山之美矣。

1993.10

大苗山之恋

　　畅游在风景如画的广西融水,深深热恋着这片土地。

　　丁丑年三月初三,应融水县旅游局老何之邀,从桂林出发,途中参观李宗仁故居后,下午便来到了卜令苗寨。远远望去,村口拱桥两旁,身着民族服装的小伙子吹着芦笙,姑娘们则跳着欢快的舞蹈,当我们进村时,年逾七旬的"苗王"一声令下,"砰、砰、砰"三声土炮轰然炸响,接着便是一阵震耳欲聋的爆竹声。步入村寨宽阔平坦的山坡,数千人欢聚一堂,仿佛走进欢乐的海洋,多姿多彩的芦笙采堂舞,拉鼓舞,敬酒舞,芒歌舞,踩脚求爱舞等,赏心悦目;世界上独一无二的斗马,惊心动魄……这些原始古朴的节目,与独特的木楼建筑,手工精巧的服饰,别有风味的餐饮,奇异的恋爱婚俗等,构成了一幅绚丽多彩的民族风情画卷。

　　次日在灿烂的阳光下,我们一行从榄口码头乘竹筏游览如诗如画的贝江。俯瞰碧水清澈见底,仰望巍巍青山两岸走。行至一孤洲,我们弃筏而上,烧烤、拾奇石、采标本、游泳……大自然的无穷魅力,令我如痴如醉。在老何的再三催促下,我才依依不舍地登上竹筏。

　　顺江而下约一刻钟时光,便来到赖村苗寨,放眼望去,整个赖村就像是一幅色彩斑斓的水墨画,村寨四面环山,村后古木参天。刚步入寨门,一群头戴银饰凤尾,身着刺绣花裙的苗族姑娘便蜂拥而上,用牛角杯盛满自酿的烧酒让我品尝。在入寨门前,老何曾提醒我,苗族同胞敬酒时,你若双手去接,就必须喝干这杯酒,若双手背着放在身后,则可象征性地呷一呷。但身临其境,盛情难却,不由自主地伸出双手,举杯一饮而尽,喝个痛快。

晕头转向地与村里男女青年一同欢快地跳着竹杆舞、拉鼓舞……当汗流浃背地步出村寨,久久不舍地登上竹筏,回首大苗山时,我真的醉了,我不仅深深地热恋着这片土地,更热恋着这里好客的苗族同胞。

1997.5

苗族姑娘翩翩起舞

入寨门时作者接
受苗族姑娘的献酒

心中的塔尔寺

13

　　冬天的塔尔寺,皑皑白雪覆盖在金色的琉璃瓦上。远远望去,大金瓦寺高耸在蓝蓝的天空,阳光下那雪域里的佛光迸射出耀眼的光芒,这就是我心中的塔尔寺。

　　迈着虔诚的步履进入院门,导游告诉我大金瓦寺是塔尔寺的主殿,建于明代嘉靖三十九年(1560),青海蒙古郡王额尔德尼布施黄金一千三百两,白银一万两,将屋顶改制成铜质镏金瓦,才使寺宇有今天这样的辉煌。

　　驻足主殿前,最使我感动的是藏胞们对佛教的那种虔诚,真有感天地、泣鬼神之神力。廊檐下三、五个藏胞正五体投地,顶礼膜拜。只见他们双手合在胸前,面对大殿,然后匍匐在地上的一块厚厚木板上,双手轻轻拨动头前的佛珠(用于计算次数),再起立,循环往复。据说他们为了许一次愿或还一次愿,要磕上十万次头,即使年轻人也要耗时两个月才能完成。

　　步入殿内,见香火缭绕,弥漫着酥油香。堂内耸立的108根木柱子上部,都雕有优美的图案,外裹彩色的毛毯。墙上悬挂各种壁画,绘有许多的佛教故事,生动精致。经堂内设蒲团上千个,可供两千多喇嘛集体诵经之用。数以百计的经卷存放在四壁的经架上,望着这些经卷,我在想,这里凝聚了多少先哲的智慧。四壁的神龛中,上千尊小巧精制的铜质镏金佛像置于其中,个个栩栩如生,膜拜后,似乎这些佛都在自己的心田,给人以慰藉……

退出大经堂,移步缓缓的山路,绚丽的酥油花前,那造型逼真、细致精巧的佛像、花卉、禽兽及神话人物等令我大饱眼福,真不忍离去。

从大拉浪寺出来,已日落西山。透过肃穆祥和的氤氲之气,俯瞰塔尔寺的宝塔、宝幢、宝鹿、法轮,光芒四射、富丽堂皇。塔尔寺,我心中的塔尔寺,多么奇妙的灵光宝地,您不愧是黄教第一圣地。

1994.1

作者(右)在塔尔寺留影

罗田岩游记

季秋的一天,我伴随着秋天的脚步,迎着瑟瑟的金风,游览了久仰的名胜罗田岩。

出于都有县城,坐船渡过于都河,上岸向西南方向走去,横越县城至盘古山公路,拐上细沙便道,远见"雩阳一览"四个苍劲有力的石雕大字。登上盘旋曲折的磴级,身临峰巅,顿感心旷神怡:于都大桥飞跨两岸,新落成的新华书店、农工商联合企业公司和文化馆的楼房拔地而起,与化肥厂的摩天烟囱比高,山下广袤的田野,纵横如画……

来不及细看秀丽的景色,悄然来到洞如瓮口的古刹内。石洞里夷然伸展一地,宽敞平坦,一半屋顶陶瓦覆盖,一半利用洞穴顶上的天然岩石作屋顶。殿堂内雕梁画栋,龙飞凤舞。遗憾的是很多体态飘逸、栩栩如生的佛像,被"十年浩劫"洗劫一空了。但殿堂正中悬挂的"居然仙境"石匾仍完好无缺。据向导说:"文化大革命"开始时,当地群众为了保护这座古刹内的文物,想了许多的办法,最后得出一计,在"居然仙境"石匾处挂了一个毛主席的巨幅画像,才幸存于今。这座殿堂内还颇有神奇之处:当你坐在瓦盖部分,手摇大蒲扇,仍挥汗如雨;而走进天然岩石屋顶部分,暑气顿消,且凉不可耐,如上床入睡,非盖棉被不可。相距咫尺，气温竟相差十多度。

穿过石洞，走进殿堂，然后由左面洞穴出门沿下坡路前行，便来到巨石横空、伏如雄狮、极为磅礴壮观的石壁前。石壁上有历代骚人墨客、英雄豪杰登临时的赋诗碑刻，字体争妍斗秀，字迹依稀可辨。令人扫兴的是岳飞题写的"天子万年"四个大字和朱熹的题壁全被"文革"洗劫，荡然无存。向导指着石壁上的几个洞说："这洞是当年红卫兵铲除岳飞题字时为搭木架子而凿的。"呜呼，洞若有知，当潜然垂涕，引为万世之羞！

迂回来到古刹前谷，这里山石嵯峨，林木苍翠，鸟语花香，幽泉汩汩，别是一番天地。一棵罕见的千年古柏拔地挺立，刺破蓝天，树质十分坚硬。我好奇地用一根绳索计量了一下，树围三米，高约五十余米。在古刹的前山还长有一种奇特的"铁心竹"，外表与普通竹子相似，但内为实心，一根长二米、直径一点五厘米的竹子，重达两市斤。

伫立在罗田岩，面对祖国的锦绣河山，我瞿然凝思：为使秦砖汉瓦的古国昂首步入世界民族之林，我该做些什么呢……

1985.9

初识塞班岛

仲夏时节,我们一行乘国泰航班飞过太平洋,踏上这片神奇的土地——美丽的塞班岛。

塞班岛位于南太平洋,属于美国的领土,这里的主要居民为查莫洛土著民族。

在这个全面发展观光旅游业的塞班岛上,一切步调都很缓慢,人慢慢地走,车慢慢地开。对我们这些来自快节奏都市的深圳人来说,似乎不太习惯。我们按照预定的时间去饭店就餐,使正在铺整餐桌的老板大吃一惊。他说:"塞班岛从不准时。"

塞班岛没有悠久和显赫的历史,追溯再久远的历史也不会早于第二次世界大战,而且多数都与大战有关。例如,投放广岛的原子弹是从塞班的天年岛起飞的,日军将逃脱的慰安妇沉溺于幽灵湖底,日军负隅顽抗于最后司令部,800名日本妇女殉国于自杀崖,等等。

光阴似箭,半个世纪过去了。四处林立的碑石或络绎不绝的日本游客,在告诉世人:日本始终无法忘情于塞班岛。更有嘲讽意义的是,日本输掉了塞班,如今塞班的酒店都是美国的仆欧在服侍着日本人。

塞班岛的自然地理得天独厚,其中最值得一提的就是水。由于地层陷落,塞班岛在海岸线外将近一里处形成天然的防波堤,堤外波浪后浪推前浪,堤内却是轻风徐来,水波不兴的海水浴场。游客在深及胸、清可见鱼的海水中,或仰或伏,或游或潜,其乐无穷。大多数人到塞班岛旅游,多半时间是泡在水里,享受大自然赋予的温馨。

举凡热门的水上运动,如拖曳伞、香蕉船、浮潜、深潜等,塞班岛应有尽有。塞班岛最吸引观光游客的是"海底漫游"和"潜艇探险"。我们怀着好奇之心,戴上一个重36公斤的氧气头盔,到4米深的水晶宫里大饱眼福。在水中,教练适时递给我一根热狗,将手中的热狗晃一晃,千百条五彩缤纷的热带鱼马上蜂拥而来亲吻我的手。那种感觉,迄今还浮现在我的眼

美丽的塞班岛

前。有"潜艇探险"项目的观光点很多,但是塞班岛的潜艇却是世界上第一艘供观光用的潜艇,自有其特殊的意义。

塞班岛没有农业和畜牧业,但是俱乐部和酒店却比比皆是。许多观光客人在未登上这个岛屿时,就风闻塞班有椰子蟹和水果蝙蝠,不由得垂涎三尺,食指大动。殊不知这两种土产的珍馐早已被列为保护动物,不得食用,椰子蟹或许还可以从菲律宾进口,但如果有人胆敢捕食水果蝙蝠,将遭到巨额罚款和牢狱之灾。

塞班蔚蓝的海,深绿的树,加上晚凋的凤凰花,色彩十分斑斓,因为四季如夏,游客轻装简从,轻舟浅载,一切都轻轻松松、快快乐乐。

初识塞班岛,便热恋上这片土地。

1995.6

梅关赏梅

　　多年来,我一直对梅花情有独钟,被梅花将苦寒中得来的清香洒向人间的性格所折服。

　　暮冬时节, 已是第五次徒步赣粤交界的千年梅关古驿道了。拾级而上进驿馆,过半山亭,谒庾将军祠,入梅阁,陶醉在"一路行来十里香"之梅国仙境,微醺之感,忘乎所以。当年大将军庾胜"出豫章,下横浦"来此筑城,是受汉武帝之命讨伐谋叛的南越大臣吕嘉;辛亥革命后,孙中山先生率军二次取道梅关,

亦是东征北伐;红军北上后,项英、陈毅领导的三年游击战,在极其艰难的条件下,是为了"人间遍种自由花"……千百年来万人践履、冬无寒土的梅关古驿道上,有多少仁人志士、骚人墨客有心去赏梅?更何况贫民百姓。难怪乎苏东坡贬官岭南几经梅关时也抑不住感叹:"梅骨霜髯心已灰,青松十丈手亲栽,问翁大余岭头住,曾见南迁几个回。"然而,日转星移,沧海桑田,"梅花南北路,风雨湿征衣,出岭谁同出,归乡如不归"的时代一去不复返了。我辈来此赏梅,适逢国泰民安,徜徉其中,"如是无诗句,梅花也笑人"。

我和友人披着冬之萧瑟,呼吸春之馨香,沿着"坦坦而方五轨,阗阗而走四通"的古驿道徐徐上行,小溪边一棵老梅树首先映入眼帘,那曲如龙、劲如铁的老干上,二尺来长的一枝红梅纵横而出,其间小枝分歧,或如蟠螭,或如僵蚓,或孤削如笔,或密聚如林……真乃花吐胭脂、香欺兰蕙。忽然几只蜜蜂在红梅之间齐声而不绝地嗡嗡嗡嗡,似是云:"欢迎! 欢迎! "它们从一朵花飞到另一朵花, 就像精灵从一颗星飞到另一颗星那样,永远采撷着生活的甜蜜。

移步悬崖峭壁之下, 一支粉红色的梅花独自开放, 大有"孤山林下三千树,耐得寒霜是此枝"之魅力。走近时,淡淡幽香扑鼻而来,我们从萼到瓣到蕊细细观赏,浓妆艳抹,飞红叠彩,恰似神话中的梅花仙子,含着盈盈笑意款款而来。越过"南粤雄关"关楼,仰望两边峭壁,中留一道如石巷,立两碑,一曰"急流勇退",一曰"得意不可再往"。俯瞰南岭,但见"北枝开,南枝落"之另一番景象,梅花落英缤纷,飘洒如织,铺得山径似一幅锦缎。倘若黛玉要来此间葬花,我想,那个药锄上荷着的小篮子没有十个八个, 是无法将一棵梅树的花装完。此时的

　　我,又情不自禁地吟咏起"落英不是无情物,化作春泥更护花"的千古绝唱。梅花树下,我们心里那串晶莹剔透的音符总在清脆作响,在纷纷扬扬的落英中弹奏……

　　啊,凌风傲霜踏雪而来的梅花,我爱你越冷越开的风骨,更爱你俏不争春的高尚品质。

1992.1

天池印象

　　这是一个神话般的地方,身临其境,不仅让人感到天池的灵气,还会惊诧她仙境般的美丽。

　　金秋时节,我们一行策马上山,远眺博格达峰白雪皑皑,近观层峦叠嶂、松涛滚滚。在海拔1710米高处,"夫天池者,天上灵水汇诸人间也"。湖水清澈而深邃、奇异而神秘。陪同我们参观的哈萨克斯族小伙子动情地说:两千多年前,那个风华绝代的西王母便住在这里。江南的青山绿水没能留住她的一片裙角,倒是塞外天池的碧水和青松让她流连忘返。周穆王因仰慕西王母,乘八骏御辇不远万里来到西域。西王母因感其诚

天池美景

意,欣然在瑶池与穆天子相见。是夜,他们并肩坐在金碧辉煌的水晶大厅,看妙龄女子翩翩起舞,听乐手弹奏仙曲,互相交换信物,共倾仰慕之情。翌日,他们又吟诗赠言,挥泪作歌,在晨曦中依依惜别,难舍难分。几千年过去了,天子、王母今安在?天池、雪山依旧。

在山坳间一条小溪旁,我们下马来到哈萨克族大蘑菇般的毡房,好客的主人拦挡住"汪、汪"直叫的牧羊犬,把我们领进毡房,招呼我们盘膝坐在他们身边,提来铜壶,斟满热气蒸腾的奶茶。我们喝着香气四溢的奶茶,吃着手抓羊肉,眺望天池奇丽的风光,回味虚无缥缈的王母神话,百感交集,思绪万端。

美哉!天池。

1995.10

探访悉尼红灯区

　　去年冬天,随香港辰达旅行社考察团赴澳洲访问。作为旅行社的一员,为能今后向旅游团成员介绍国外的旅游景点、风土人情和可去可不去的地方, 于是慕名探访了南半球最知名的悉尼红灯区。

　　悉尼市红灯区,又名英皇十字街,位于悉尼市心脏地带。当我们在一家小店里问店主欢乐街往哪里走时, 店主客气地拿出地图详细告诉我们怎么走,最后还奉劝几句:"那儿很乱,请注意安全!"当我们来到红灯区主街时,看周围还有几条小街。街道两侧夜总会、餐馆、饭店、礼品店竞相林立,五颜六色的霓红灯闪闪发光,照得你眼花缭乱。门前的大招牌上有勾画出来的半裸女人,上面用英文写着:"窥看之趣"、"城中最热情的表演"、"最底的接触"、"快乐之源"等等。英皇十字街,与美国的拉斯维加斯、荷兰的阿姆斯特丹等国家的欢乐街相比,它并不算大,但是在澳洲却是一条最大的欢乐街了。境外来的观光游客,大多会到此一游,看个新奇。屋檐下的人行道上有很多人在走动,有三三两两在交谈的,亦有不少衣饰新潮、涂脂抹粉的金发女郎站在路旁窥看每一个行人,似乎有所等待。在各种表演馆门口,均站着一两名纹身的彪形大汉,在你路过他

26

的门口时前来与你攀谈,请你进去观看,开价门票一般为 10 澳元,讨价还价后 5~7 澳元也能入场,在大街上根本就看不出里面如何的火辣。入场后有饮料和香烟供应,刺激的音乐声中,边饮边看真人裸舞。里面乌烟瘴气,令我们这些不抽烟的人眼睛都睁不开。据导游说,这里的舞女都是流动性的,串场演出,其内容大致相同,舞女均为澳洲和欧洲女郎。

红灯区案发率很高,是全澳洲最危险的地方。有些酒徒酗酒后瓶子到处乱摔,偷抢、凶杀时有发生。黑帮、毒贩、卖淫女等几乎都集中在这里,是个"五毒俱全"的小世界。政府采取的也是开个眼、闭个眼的态度。街上执勤的警察,偶尔也抓些毒犯和没有执照的妓女,但多数情况下是视而不见,因为不少警官都得到老板和毒枭的好处。

当我们要离开英皇十字街时,马路上车辆很多,车速很慢,我看见一辆辆车内的游客,东张西望,指指点点,大概听朋友或开车司机在介绍这里所发生的一切新鲜事吧。

1996.1

秋登郁孤台

迎着沁凉的秋风，诵着"郁孤台下清江水……"的佳句，我们沿着赣州田螺岭下一条古巷拾级而上，去寻访因宋代词人辛弃疾一阕《菩萨蛮》使赣州名扬四海的郁孤台。

未叩山门却见山门洞开，一个牌坊式的、上写"贺兰山"三个大字的门楼豁然伫立在眼前。这座山就叫贺兰山，也叫文壁山，俗称田螺岭。穿过"贺兰山"门楼，就见到一座三层木质结构的郁孤台。粗大的立柱、厚重的横梁、四角屋檐翘起的龙尾、台顶正中直立状葫芦……在绿树丛中，显得格外古朴和恬静。

据《赣州府志》记载："唐李勉为刺史，登台北望，慨然曰'予虽不及子牟，心在魏阙一也，郁孤岂令名乎？'乃易匾为望阙。"李勉为唐肃宗时人，曾出任汾州刺史，为镇压江西农民起义，他又以"江西观察史"的身份来到虔州(即赣州)，因怀念长安京城，他常登上郁孤台，"长安不见使人愁"，从而他对郁孤台这个名字极为不满意，于是改名为"望阙"。可见在唐代中期郁孤台的名字就已经有了，千百年来，众多骚人墨客相继吟哦。虽历经兴废，却并不减游人的兴趣。"烟云飘渺郁孤台，积翠浮空两半开"，在苏东坡面前，郁孤台蒙上了一层神秘的纱幕；"日暖蜃楼浮海上，花深蓬岛在人间"，在彭汝砺笔下，郁孤台又好似人间蓬岛、海市蜃楼……

而真正让郁孤台名闻遐迩的是伟大的爱国词人辛弃疾。淳熙二年(1175),报国无门的辛弃疾被朝廷委派到赣州,就任江西提点刑狱之职(主管司法及监察,兼管农桑)。他为皇室40年前出奔感到耻辱,更为自己抗战壮志不得实现而感到悲愤,于是他常常登上这树木葱郁的高台,极目西北,聊以自慰。淳熙三年(1176),辛弃疾调任京西转运判官。离任这一天,辛弃疾在郁孤台下的章江边,告辞了前来送行的同僚,登舟离岸。初冬的早晨,寒风飕飕,回首顾盼,那郁孤台仍似往常一样屹立在江边,台下缓缓的江水又是那样的清澈。然而,就在这郁孤台下,就在这即将离开的虎头城内,40年来多少伤心的往事,此时一起涌上词人的心头。船家摇起双橹,船儿荡入了赣江,词人伫立船头眺望北国,他是多么地希望能望到中原大地,能望到古城长安,能望到虏骑铁蹄下的汴梁啊,可眼前是满目青山,显得多余而又可怜的青山。日暮时分,船到造口,词人信步登岸,看着这块曾经被异族侵略者践踏过的土地,激起了忧国忧民的愁思,提笔在造口的高墙上疾书,将自己满腔的悲愤,留在那粉壁之上。这就是唱绝千古的《菩萨蛮·书江西造口壁》:"郁孤台下清江水,中间多少行人泪。西北望长安,可怜无数山。 青山遮不住,毕竟东流去。江晚正愁余,山深闻鹧鸪。"

到赣州的人,登郁孤台者不计其数。1965年6月,当代文豪郭沫若登上郁孤台,当时"正值章、贡、赣三江之洪水期",郭老偶成《清平乐》一阕:"郁孤台,三江水,人民血泪非清泪,遍地尽杉松,浟浟绿化风。 十年树木计,前景在眉睫。决战胜天公,江流不再红。"郭老"反辛稼轩之意",歌颂了郁孤台一派葱茏的景象。1991年10月时任国务院总理的李鹏前往郁孤台参观;1996年9月江泽民总书记参观郁孤台并手书辛弃疾"郁孤台下清江水"一词。

我们登上三楼,凭栏远眺:但见长空一碧如洗,群山蜿蜒而去,西北面的章江,东北面的贡江,烟波滉漾绕着郁孤台向北流去,汇成了一泻千里的赣江。俯瞰市区,街巷纵横,高楼林立,车水马龙,一派欣欣向荣的景象。

此情此景,感慨悠然而生:郁孤台因为一对"西北望长安"的凄沉目光,一串饱含清江泪水的悲凉吟哦,才获得这样的知名度。时光流逝,沧海桑田,"中间多少行人泪"的凄凉景象再也见不到了。郁孤台的一切还是那样古韵幽幽,像明明白白又难说尽的禅,蕴涵了无穷无尽的妙谛。

1997.5

赣州郁孤台

步几古文化的"时光隧道"

在古老的丝绸之路上，有一段让游人留连忘返的地方——甘肃天水。她是中国古代文化发祥地之一，麦积山石窟艺术，仙人崖江南景色，伏羲的传说，卦台山的神秘……像一支古老而动听的歌，令人陶醉在旅途中。

孟夏时节，我们一行来到天水，从天水驱车 45 公里，便来到中国四大石窟之一的麦积山石窟游览。因山状如农家积麦之垛，故名"麦积山"。随着东汉以来佛教文化沿着丝绸之路传入中国，于北朝时期开始，众多中华民族的能工巧匠、佛教信徒、僧俗官民等共同在这座形势险峻、拔地而起、高耸入云的山上开窟造像、绘制壁画。历经秦、北魏、西魏、隋、唐、五代、宋、元、明、清共 1500 多年历史，至今保留有大小洞窟 194 个，其中留有中国历史上 12 个朝代不同风格、不同特点的大小塑像 7000 多尊，历代壁画 1000 多平方米，馆藏文物及艺术品 1000 余件。漫步在一个个石窟前，令人感悟到那一尊尊栩栩如生的人物造像，那一幅幅绚丽夺目的壁画长廊，凝聚了多少先人的智慧和血汗。

次日上午，我们来到伏羲庙参观。伏羲，是中国上古神话传说中最伟大的人物，先秦文献、汉代史书以及许多古籍都举他为五帝之先、三皇之首。伏羲受到蜘蛛结网的启发,创造了渔网,发展了渔猎;他还灼土为埙,削桐为琴,创新了乐器和音乐;他创造了神秘的八卦,发明了为民治病的针灸术。天水是以伏羲为代表的华夏先民诞生、成长和长期生活的主要地域。步入伏羲庙,由书法大师舒同书写的"伏羲故里"四个苍劲有力的大字映入眼帘。移步前行,见主体建筑"先天殿"重檐复屋,异角飞椽,屋顶龙吭吞脊。中心室刹楼阁,皆以彩釉琉璃制成,门窗装修精美,图案造型生动。殿内塑伏羲像一尊,身披树叶,威仪古朴;七架梁下天花板,绘六十四卦图及河洛图,整个建筑艺术高超,具有浓厚的地方特色。午后我们随即驱

31

伏羲庙

车前往位于天水市北道区渭南乡的卦台山游览。卦台山传为伏羲创画八卦之地,海拔高为 1329.9 米,南倚白鹿山岭,北拱九龙群峰,山下陇渭二水交汇东流。弃车后我们沿着陡峭的山坡进山门,穿牌坊,入午门,明嘉靖十年修建的古朴典雅的伏羲大殿展现眼前。殿中塑有伏羲像,右塑龙马,左陈八卦,殿前植有九宫八卦形排列的古柏,苍劲浓荫,使卦台山显得幽静肃穆。伫立在卦台山俯瞰山下,有龙马洞、分心石等胜迹,有伏羲画卦台和渭水秋声……导游告诉我们,卦台山每年农历正月十五、二月十五皆有文化庙会,盛况热闹非凡。

2000.3

游通天岩

春末夏初,我又一次慕名前往国家级文物保护单位、具有江南艺术宝库之称的通天岩游览。

通天岩,位于赣州市西北12公里水西乡境内,因"中有一窍,上可通天"而得名。现存唐宋以来大量的石雕和摩崖题刻。著名风景点如"群玉阁"、"一粒泉"、"玉水池"、"广福禅林"等,令众多游人留连忘返。

拾级登上盘旋曲折的台阶,面前便是巨大横空、伏如雄狮的石壁。苍劲有力的"忘归岩"石雕大字映入眼帘。据导游说,因山腰有个天然石洞,盛夏凉风,令人忘归。随着团友,我们穿洞而过,沿着山间小径来到位于天然环形山壁之中的著名佛寺"广福禅林"。这里是通天岩的中心建筑,依岩建殿,气势恢宏。大殿中央有一尊释迦牟尼的石雕塑像,它神情端庄,体态丰颀,含目凝神,显得温良敦厚。殿内最使人感兴趣的还是头顶上的那个石洞。导游说,那叫"通天洞",通天岩由此而得名。传说从这个洞里每天都会漏下足够寺中和尚和香客饱食的大米,后来有个贪心的和尚,把石洞挖大,结果流了三天三夜的糠后,就什么也不漏了,寺中和尚从此断了食粮。

参观"广福禅林"后,移步翠微岩。岩内共有石刻19处,造像 82 尊。伫立在峭壁龛中的观音菩萨,庄严秀美,璎珞垂带,长裙衣褶。雕塑群像,形态各异,有的粗犷剽悍,有的温文尔雅,有的憨厚朴实,有的滑稽可笑,有的静坐沉思,有的持剑怒视……令人叹为观止。

走出翠微岩,拨开丛生的荆棘,攀上通天岩峰顶,置身于"望江亭",眼望秀丽的风景,耳听阵阵松涛声,仿佛进入了"山静松声远,秋清泉气香"的境界,让我们享受到了大自然赋予的温馨。

1994.4

通天岩石刻

阅读周庄

从小在江南长大,青山绿水曾是我的摇篮。有朋友多次邀我去水乡周庄一游,或许是自己在水边长大兴致不浓的缘故,一直未能成行。庚午年仲夏时节,一次偶然出差的机会,我走进了周庄。

伫立在双桥上,放眼四周,那小桥、流水、人家,倏然像闯进一个梦,这里的风仪神韵令我心醉,顿生相见恨晚之感。导游告诉我,镇上众多的小桥中,在双桥旁留下倩影是最有意义的事。双桥建于明万历年间,由世德桥和永安桥纵横相接,石阶相连组成双桥。站在双桥上,古镇之神韵随风而来。碧水泱泱,绿树掩映,咫尺往来,皆须舟楫,小船在桥洞中穿梭;牵着牯牛的老农走上桥阶,农家主妇在桥边的河埠搓衣洗菜……

关于双桥,据说还有一则动人的故事。1984年,在美国纽约留学的上海青年画家陈逸飞,以双桥为素材画了一幅题为《故乡的回忆》的油画在美国展出,后被美国西方石油公司董事长哈默先生购得,作为礼品赠送给邓小平,以双桥象征中美两国人民的友谊。1985年,这幅油画又被联合国印上了当年的首日封。因此,周庄的双桥名扬四海,成为世界友谊和平的象征。

　　近年来，我对古代民居的研究产生很大兴趣，周庄的民居，古风犹存，深深地吸引着我。导游说这里最有名的民居当属沈厅，它是由江南巨富沈万三的后裔沈本仁于清乾隆七年(1742)建成，七进五门楼，大小一百余间房屋。厅堂内，松茂堂居中，厅内梁柱粗大，刻有蟒龙、麒麟、飞鹤、舞凤，厅中悬挂清南通籍状元张謇所书的"松茂堂"三个凸出的泥金大字。整个大堂覆砖飞檐，刁角高翘，刻艺之精，构思之巧令人叹为观止。与沈厅相媲美的有建于明代的张厅，由明代中山王徐达之弟徐逵后裔所建，清初卖给姓张的人家，改名玉燕堂，俗称张厅。在张厅俯瞰窗下平整的石驳岸，只见驳岸间如意形状的缆船石上，拴着一条树叶般的小舟，一派"轿从前门进，船自家中过"的情景，着实让人入迷。

水乡周庄

周庄是水的世界,古镇四面环水,犹如浮在水上的一朵睡莲。周庄有全福晓钟、指归春望、钵亭夕照、蚬江渔唱、南湖秋月、庄田落雁、急水扬帆、东庄积雪等八景;有因 1989 年仲春,台湾女作家三毛寻访周庄留连忘返而改名的"三毛茶馆";有张翰、沈万三、陶冷月、费毓卿、叶楚伧等历史名人;有虾糟、万三蹄、十月白酒等风味小吃;有摇快船、划灯、阿婆茶等清淳悠远的乡俗,有唱不完、道不尽的水乡风情……

徜徉周庄,阅读周庄,我在叩问自己,何不早来这集中国水乡之美的仙境呢?

2002.5

天下奇险看华山

去西安旅游,在参观完世界第八大奇迹兵马俑之后,我们一行兴致勃勃地去攀登西岳华山,领略那大自然鬼斧神工的崔巍峻峭之美。

从西安驱车120公里来到华山山麓的月儿崖,乘缆车抵达海拔1561米的北峰。然后沿着陡峭的栈道,像螃蟹一样横行而进,来到擦耳崖,此段路仅容足趾,一边是绝壁,一边是深渊,人行此处须身体紧贴崖壁以防下坠,因此往往山崖擦耳,故得此名。顺着擦耳崖南行过金天洞,又遇绝路,两面峭壁,前行必须抓住两边铁索,像上梯子一样,一级一级地往上爬,共十三级,故名"上天梯"。爬上"天梯",上面有一块平地,北边凿一石洞,洞上刻有"日月崖"三字。再过三元洞,经御道,便到了耸立天际的苍龙岭下。

苍龙岭体青背黑,如苍龙腾空,两侧悬崖峭壁,有石阶350级,自古以来素称奇险,行人至此皆不寒而栗。相传韩愈当年曾游历至此,见山高路窄,两边都是看不见的深渊,心里害怕不能生还,哭写了一封遗书给家里,投到崖下诀别。现在此处还刻有"韩愈投书处"五个大字,以记其事。

过了苍龙岭,再从玉女峰到东峰,途经一段上凸下凹的

"鹞子翻身"奇险处,高约 70 米的绝壁上安装着两条铁索链直垂崖底,上下的人都必须攀着铁链,脚踩石崖以行,在上凸的那一段,背向石崖;而到了下凹的那一段,就得翻过身来,逐步而下。从崖底向上爬时,则正好相反,但都要在凸凹处翻个身,故名为"鹞子翻身"。再向上行,便到了下棋亭,这里便是著名的"赵匡胤'输'华山"故事的发生地。攀上东峰顶朝阳台,当观赏清晨日出时,但见在蓝色云雾里,红霞荡漾,冉冉升起一个绯红色的小球,在云雾中浮动。一刹那间,迸射出万道金光,顿时莽莽群山,像浮在一片白色的海洋里。游人无不为此处变化多端的自然景色赞叹不已!

从东峰峰脊顺路南行,经过华山最险峻的长空栈道南天门到达南峰。南峰又名落雁峰,是华山的主峰,海拔 2100 米。南峰有明代修建的金天宫,亦称白帝祠,祠后有老君庙,传说

华山奇景

是老子退隐的居室。南峰东面有老子岭,相传老子在此炼丹,留有炼丹炉遗迹。站在南峰峰顶,视线所及,是"惟有天在上,更无山与齐;抬头红日近,俯首白云低"。景象壮阔至极。

离开南峰拾级登上西峰峰顶,俯视秦川,洛、渭二水如线;北望黄河,宛若银带飘下。恰如李白诗中所云:"西岳峥嵘何壮哉,黄河如丝天际来。"

1998.8

寻梦牡丹亭

春寒料峭时节,我们走过"一路行来十里香"之梅关古驿道,来到古南安府(今江西大余县城)的牡丹亭。移步后花园,但见古木掩映,鸟衔清时;东山如黛,章水悠悠……分明是第一次来,我却感到这情这景都那么熟悉和亲切。

是梦中来过?想起念高中时就已读过临川才子汤显祖的《牡丹亭》,原来这些地方二十年前我就已经神游过了。

驰名中外的千古名景牡丹亭,坐落在古南安府衙后花园内,是当时"南安十景"中的第一景。明万历年间,汤显祖被贬到雷州半岛的徐闻县做典吏时,曾两次逗留南安,在这里倾心构筑他的浪漫主义杰作《牡丹亭》,塑造杜丽娘这个古代理想女性形象。

《牡丹亭》讲述了一个缠绵、凄婉的爱情故事:南安太守杜宝的独生女杜丽娘时值妙龄,终日独居闺房,被迫听冬烘先生讲圣贤之书。随着爱情意识的逐渐觉醒,杜丽娘的叛逆个性愈益鲜明,终于突破藩篱,来到春光明媚、花飞蝶舞的大花园。游园后在梦里与理想中的情人柳梦梅相会,尽享爱情带来的幸福与快乐。梦醒之后丽娘因情思染疾而逝。后来金兵入侵,杜宝升官离任,将杜丽娘墓地建梅花观,而柳梦梅进京赴试路过借宿观中时,在园中拾到杜丽娘殉葬的自画像,与画中的幽灵相会,柳梦梅掘墓开棺,杜丽娘起死回生。最终柳梦梅高中状元,有情人终成眷属。文因景颂,景因文传,充满"千般爱惜,万种温存"的《牡丹亭》,使汤显祖赢得"东方莎士比亚"的美誉,南安牡丹亭更是因此名播四海。

穿过梅竹交映的绿荫亭,绕过弄月咏风的舒啸阁,景物依旧,人去渺茫。寒风中我不禁吟哦著名戏曲家田汉先生1963年凭吊牡丹亭时留下的诗句:"浦添眉翠岭魂香,若士归来写丽娘。今日江山倍娇俊,斗争犹待好诗章。层楼丛柚对西华,曾是南安太守衙。留得牡丹亭子在,晶莹应不让金沙。"

1996.3

牡 丹 亭

家住白鹭

家乡白鹭,是江西赣南一个偏僻而又美丽的村庄。

她背靠青山,面朝白鹭河,百余座明清时期的民居呈半月形整齐排列,气势恢宏。高高翘起的龙尾,荣宗耀祖的门榜,精美绝伦的灰塑艺术,祥物云集的镂空门窗……岁月的尘埃也没能掩住其精湛艺术的光辉。

据《族谱》记载:唐代越国公钟绍京第十六代孙钟舆夜梦白鹭,栖息于此,受其点化,遂定居此地,故名"白鹭"。南宋绍兴六年(1136)由兴国竹坝迁入建村,到我们这代已经是第三十三代,八百余年了。

童年时,常和邻居的孩子在村庄的北山坡上放牛,俯瞰祖宗给我们留下的这方神奇魔土就兴奋,就自豪。于是放学或放牛回家后就和邻里小伙伴土仔挨家挨户去数祠宇,我手上拿着一把竹签,数一幢即交给土仔一根竹签,然后坐在晒谷坪上一根根地统计,我们都惊讶了,仅大型祠宇就有69处。村里最著名的景点还有天一池、义(贰)仓、三元宫、四逸堂、五福第、六角亭、七姑坛、八角井、九成堂、十字街。这里的古建筑群最显著特点是,每一处祠宇中心地段都有一眼水井,或圆或方,冰清玉澈,既是生活源泉,又是防火保障,可见古人高瞻远瞩,匠心独具。

　　童年时,我还常和邻居的孩子喜欢在宽敞的祠堂里追逐嬉戏,也常常被镂空门窗上雕刻的《三国故事》、《水漫金山寺》等图案吸引住。于是,在爷爷耕耘之余,常常缠着爷爷要他给我讲那过去的故事,有时也好奇地问他我们的祖宗哪来这么多钱营建偌大一个村庄?爷爷总爱拿起水烟筒吸一口烟后,漫不经心地说:听老辈人讲这些房子是我们祖先经营木材赚钱营建的。他说,从地理位置来看,我们白鹭属穷乡僻壤,但祖辈们很早就有亦农亦商的意识,据说明清时我们的祖先就开始做木竹生意,将白鹭河上游的竹木砍伐之后,由村民充当排工,从鹭江入赣江、鄱阳湖达长江至南京沿线销售,排工跑一趟运输,有白银若干,较之务农,有数倍甚至十几倍的利润。虽然伐木、撑船辛苦艰险超过种田,但从业者仍甚活跃。至于山林占有者和运输经营者,获利更为丰厚,当时

家乡白鹭

村里的不少木竹商人成为巨富,因而将木竹的赢余购买更多的山林,并不断复垦以扩大生产,也有力量捐资祠堂、营建豪宅,我们这座古色古香的村庄是历代先辈们刻苦经营、辛勤劳作用血汗换来的……

长大后,我又听村里的一位"秀才"说,村里的这百余幢青砖瓦房,要感谢先祖钟崇俨。钟崇俨生于1778年,殁于1858年,字若思,清乾隆五十九年(1794)岁试入邑庠,嘉庆十九年(1814)任浙江嘉兴知府。在任期间他体察民情,关心百姓疾苦;他勤政廉政,两袖清风。嘉庆二十二年(1817),崇俨卸任返梓时,当地官吏和百姓以厚礼相送,被其一一谢绝。后来一位酿酒世家老板出一主意,说钟大人没有别的嗜好,就是好喝我们绍兴的老酒,若说为表达我们嘉兴百姓的一片心意,我们送其数坛老酒,他一定会收下的。这一招真灵,果然这老酒被崇俨笑纳了。崇俨登舟依依告别为其送行的两岸百姓,带着数十坛老酒逆赣江而上,月余后返回故乡。家乡人为崇俨衣锦还乡接风洗尘,设宴百桌相迎,上齐菜后乡亲们抬上沉甸甸的"绍兴老酒",开启时全都惊呆了,这哪里是什么酒?而是一坛坛白花花的银元。在交通和通讯极为不便的情况下,钟知府真的是笑纳了,他将这些银元全部分给来赴宴的父老乡亲,嘱咐他们用这些钱营建新房,不久一幢幢新房如雨后春笋般耸立在白鹭的青山绿水之间。

有言道:"一方水土养育一方人",说的是人类因生存环境的不同,会形成不同的生活习惯和行为观念,产生各地迥然相异的民俗文化。家乡宗祠里悬挂着一块用樟木雕刻的《祖训》:"骏马匆匆出中原,任从随地立纲常。年深外境犹吾境,日久他乡即故乡。朝夕莫忘亲命语,晨昏须荐祖宗香。但愿苍天垂庇护,三七男女总炽昌。"也许是受祖训的影响,村里人家庭和睦,崇文重教,重农兼商。数百年来,村里有一股风气,就是生活再苦,也要送孩子上学。当改革开放的春风吹到我们村庄时,有很多年轻人风风火火南下广东打工,用赚来的钱供孩子上学、维修祠堂屋宇、开杂货商铺、开荒造林……如今的白鹭,青山依旧,古风依存,但村民的生活却发生了翻天覆地的变化,这里演绎、潜蓄着一个个无穷无尽的勤劳致富的感人故事。

家乡白鹭,古朴典雅的民居是祖宗经营木竹所建?是先辈崇俨笑纳的"绍兴老酒"所换取?我未曾去考证过,这似乎也并不重要。重要的是,虽然我已离开家乡多年,但家乡却从未忘却我这个游子,就在昨夜,我又回到了她的怀抱——在梦里。

2000.3

熟悉的小巷

屐痕处处

常忆苏比湾

在旅游行业干了十几个年头,浪迹天涯,饱赏名胜古迹,异国风情。在漫长的旅途中遇到过无数难以忘怀的人和事,所得到的印象往往比天底下所有的湖光山色更能长久地留在脑海里,萦绕在心头,甚至还可能成为日后重游故地、重访故友的动力。

有人说:陌路相逢便有缘。前年 6 月游菲律宾时,曾经抱着好奇之心踏足苏比湾,出乎意料之外,竟在那里结识了一家能说粤语的华人。由于彼此文化风俗相同,所以很容易沟通,成为莫逆之交。直至今日,苏比湾令我最怀念的还是这些朋友。

在马尼拉时,打算到苏比湾去考察一下旅游线路,得到一位华人介绍而入住苏比湾一户华人家中。户主陈多先生及其家人,住在美军当年训练时用的一片原始森林和沼泽地附近,环境十分幽静。我虽与他们初次见面,却一见如故。陈先生早年由广东东莞乘船到此谋生发展,其后与老家在宝安福永的一姓麦的女子成家,落地生根,哺育下一代。目前家里依然保存着中国的传统习惯,如伦理观念、家乡语言和中式饮食。与他们相处,完全没有地域上的隔阂,仿佛生活在一个广东珠江三角洲的家庭中。

在陈先生家居住的几天，可以说是我菲律宾之行中最美好的日子，无忧无虑。白天他们陪我参观曾经是美军在世界上最大的军事基地，那里有过热闹非凡的岁月，美军1992年撤走后变得萧条沉寂，看到的只是平静的海面和一排排无人的军营；傍晚，我同他们踏着沙滩椰树下的落日余辉，侃侃而谈，海阔天空，差点忘记自己只是一个来此旅行的匆匆过客。

陈家的幼女诺亚，22岁，平日帮母亲打理在美军基地旁的一家杂货店。早年美军陈兵数万时，生意兴隆，美军撤走后生意一落千丈，所以诺亚也有较多的时间同父亲一起陪伴我。我们彼此无所不谈，完全没有把对方当成外人。

诺亚很羡慕我所从事的旅游行业能周游列国。她说她爸爸在苏比湾生活了近50年，除去过马尼拉外，从未到过很远的地方游览。如果有钱的话，他说要回祖国去看看，还想到美国、加拿大及欧洲等地去看看，开开眼界。

虽然诺亚与兄弟均未到过有血缘关系的中国，但对这里的发展有点了解。她们知道首都北京有万里长城，有个很大很大的天安门广场；知道深圳离香港很近，是一座发展很快、很漂亮的新兴城市。与世界各地其他华人一样，他们最自豪的是中国正昂首屹立在世界民族之林。华人总希望与华人结婚，我问诺亚这方面有何打算。她莞尔一笑地说，苏比湾华人不多，她还未遇到合适的对象，正因此，她考虑嫁到外国去。

我说国外未必就生活得很美满，若你决定与某国人结婚，将来是否与对方合得来，而自己又能否适应那里的生活。我提出了这些问题后，她也感到舍不得离开自己生长的故乡和家人。但陈太却不希望自己的女儿长期生活在这个火山时常爆发的海湾,并向我暗示在中国帮诺亚找个对象,我允诺了并时时留意着。

4 天后,要辞行的时候,尽管陈家人极力挽留,我仍得继续踏上征途,抛弃安乐的生活,完成余下的丽清湾之旅。

回到深圳后,我马上寄出与陈家众人在苏比湾所拍的照片,其后也多次与他们联络,但不知道他们是书写中文有困难,还是其他原因信件都如石沉大海。不过我对他们的挂念丝毫未减,每每想到菲律宾之旅,便回忆起与他们相聚的日子。

去年 10 月,我终于收到诺亚的回音,信中说:"很奇怪知道你未收到我们的来信,因我和父亲都有写信给你呢!"

信上又说:"最近我们遇到多次台风袭击,许多房屋都被摧毁了,幸好我们家和杂货店都安然无恙,我们仍过着一种自得其乐的日子。只是你走后,我们家总觉得少了点什么似的。"

诺亚在信中还提到,今年 7 月 1 日香港回归祖国时,家人已准备回东莞和福永省亲,品尝家乡的荔枝……

我伫立在深圳湾畔,期待着这一天的到来。

1997.5

苏比湾

在初建侨城的日子里

　　每次路经华侨城,都会被那里亮丽的景色陶醉,作为他的建设者之一,我也常常触景生情,唤起对往事的回忆。

　　1987 年底,我在一家建筑公司任党委书记,所在公司与苏州古典园林建筑公司合作,负责承建华侨城最早的旅游景区锦绣中华"苏州街"。初来华侨城时,除门庭冷落的深圳湾大酒店外,其他没有几幢象样的建筑。深南大道的大部分路段尚在建设中,到处坎坷不平、泥泞如山。每当夜幕降临,整个华侨城漆黑一片。临海是一片荒凉的滩涂,周围也没有什么可游玩的地方,劳动之余领工友们抓螃蟹成了一大乐趣。因当时的海

深圳华侨城新貌

滩人迹罕至，有很多螃蟹在此窝居，我们寻穴而掘，常常收获不小。在挖掘时偶尔挖到人的尸骨，据蚝民们说，六、七十年代，深圳湾是偷渡者的首选地，有些水性差的人，由此付出了生命的代价。

53

10年前的华侨城，还很难看到现代化的气息，倒是深圳湾大酒店后面的大型游乐场（据说是当时在境外引进的最早游乐设备），使得我们这些内地来的人感到几分新鲜，偶尔也花上近半个月的工资到那里去玩玩过山车，那让人头晕目眩的感觉至今难忘。附近还有一间桑拿浴室，以前在内地从未听过这个词，有时也好奇地到门口去瞧瞧这洋澡堂。我们这些"土八路"当然不敢涉足其间。当时的交通也十分不便，记得有一个晚上，有位香港朋友约我去位于罗湖的华登宾馆会面，因公车不在，我在路边等了一个多小时也见不到公交大巴，只好踏了一个多小时单车才到罗湖。

十几年过去了，弹指一挥间。置身于花园般的侨城新区，那些陈年往事听来真如天方夜谭。目睹这神话般的变化，就连亲身参加过侨城建设的人也仿佛是一场梦。1991年，我又作为特区新移民来到南山，在担任南山国际旅行社总经理期间多次陪同国内外游客到华侨城旅游观光，面对这片中国最具吸引力的人造景观，用自己的亲身感受给游人讲深圳湾的过去和现在。从最初的锦绣中华到民俗村、世界之窗，以至今天的欢乐谷、未来时代，像一面面多棱镜，折射出华侨城的变迁。今天，当络绎不绝的游人留连忘返于华侨城这片如诗如画的热土时，我们怎不为之自豪和骄傲！

1998.11

导游阿贵

　　在旅行社工作了十几个春秋，常年穿梭于旅游天地之间，不知与多少导游萍水相逢，但能留在记忆里的人却寥若星辰。而前年四月在泰国旅游时遇见的导游阿贵，其身影非但没有随着时间延续而消失，却常在我的眼前闪现，且印象愈来愈深刻。

　　阿贵中等身材，甲字形微褐的脸上时时挂着微笑，一个硕大的蒜头鼻子几乎把整张脸所占据，那张像唐老鸭似的嘴巴翘得老高老高，旅途中不停地叫唤着。脖子上挂着一条粗粗的水波纹金项链，下方挂着一个装在三角形神龛里的金佛。走起路来虽是八字脚，但却雷厉风行，风风火火。

　　我们一行 26 人约晚上八点半钟乘飞机抵达曼谷机场，随即登上旅游大巴前往市中心下榻的酒店，大家坐定后，阿贵用带粤语口音的普通话说："欢迎大家到泰国来旅游，我叫李佳贵，大家就叫我阿贵吧！我的祖籍在广东潮州，据说我爷爷的爷爷当年靠捕鱼为生，漂泊来到泰国，与北部城市清迈的一位女子结为夫妻，七代人都生活在曼谷，我今年 32 岁，娶了三个老婆，你们信不信？现在教大家几句泰语，你到商场购物问价钱叫'偷来'，洗手间叫'歌厅'，小便叫'起来'，大便叫'唱歌'，问候道谢叫'沙瓦底卡'……"

在旅途中,我们发现阿贵不仅仅会讲笑话,他对泰国的历史、文化和风土人情了如指掌,讲人妖,讲大象,讲鳄鱼,讲毒蛇……都能讲得娓娓动听,每句话总能逗得大家开怀大笑。

近几年赴泰国旅游,压价竞争激烈,接团的旅行社几乎不赚什么钱,全靠购物拿点回扣。因此地接社的导游总是想方设法引导游客去购物。阿贵自然也免不了俗,但他做得很高明,让大家掏腰包也掏得高兴。那天我们去国立毒蛇研究中心的路上,他向大家提问:"哪位朋友知道世界上哪种动物的鞭最厉害?"一会儿有人说是狗鞭,一会儿有人说是鹿鞭。阿贵直摇头:"你们都说错了,最厉害的鞭有两种,一种是虎鞭,是带刺的;一种是蛇鞭,是带叉的。我们泰国的毒蛇中心,用蛇鞭研制的壮阳药名播全球,世人皆知,要不我们泰国人怎么敢讨三、五个老婆。"经阿贵这么一煽动,到毒蛇中心后又听了一遍讲解员的推介,先生们顿时一阵兴奋,虽卖 1000 泰铢一瓶,口口声声说是受朋友委托,均买上三、五瓶蛇鞭丸,而女士们虽口上不说,却悄悄地也买上几瓶回去给自己的先生试试。

那次旅游中最令我难忘的和感动的是,在芭堤雅乘快艇前往珊瑚岛时,快艇开出离岸约百来米,我们团队中有位女游客携带的一个手提包不慎掉入海里,包里有身份证和其他贵重物品,那小姐正着急时,阿贵二话没说便跳入海中将手提包捞起,在大伙的帮助下,他吃力地爬上快艇时,已显得精疲力尽,我立即取出毛巾给他擦干身上的海水,那位小姐也当即取出一叠被海水浸湿的钱给阿贵,以示感谢之情,阿贵婉言谢绝了,并幽默地说:"我看到你是个靓妹子才奋不顾身,要是先生们的东西落海我才不管呢!"我们全旅游团的人都笑了,都被他那种精神、那种幽默所折服。

我们在泰国旅游的五晚六天行程，在阿贵的带领下不知不觉游完了，我们心情愉快地跟随他游览，开开心心地跟着他去购物，把在泰国的时间全交给了他。

1995.4

南山情缘

童年时在江西赣南农村老家，客厅里悬挂着一幅按陶渊明"采菊东篱下，悠然见南山"诗意，用矿物颜料绘制的传世画屏。画面上一座拔地而起的高山耸入云端，野菊万簇相送，峡谷丹崖流金，一老翁佝偻着腰，背负盛满菊花的竹篓，乐呵呵的步履移动在弯弯曲曲的小径上。每次放学回家，不知有多少个夏夜在南瓜架下和冬夜的炭火盆边，我一遍遍如痴如醉地央求爷爷讲这幅画中的故事，爷爷总是不厌其烦地说："这南山就是我们家前面的那座凤形山，南属阳，当日照，草木繁茂，孕育生机，是希望的象征，因此俗称他为南山。"关于南山这个词，爷爷是我最早的启蒙老师，从童年起便定格在我脑海的永恒中。

"南山"也许是方位坐落的缘故，推窗开户，便可一览。因此古代骚人墨客寄情托怀，便往往把她作为吟咏诵唱的对象。从读初中起到大学毕业，曾被白居易笔下的"伐薪烧炭南山中"的卖炭老翁在沉重的盘剥下，仍可觅得立足求食之地的精神所感动；曾被那些做官不成，归隐故里，躬耕田亩，"种豆南山下"的隐士而感叹；曾被陶渊明放着县令不做，退归田园，"偃武修文，归马于南山之阳"的人生观所折服……

大学毕业后在内地一家旅行社工作,浪迹天涯,曾去过西安南郊的终南山,海南三亚的南山,吉林延边的南山……饱赏过山之峻美,水之妩媚;树之繁茂,花之艳丽。南山,像初恋的情人,由于幻想的投注,成为我眼前光芒四射的偶像。

改革开放的春风吹遍祖国大江南北的时候,许多内地热血青年不满自己的那份工作,风风火火到南国寻梦,我便是其中的一份子。起初在海南海口干了几个月,后来又到珠海平沙一个旅游景区开发指挥部上班。一个偶然的机会,一位朋友邀我到深圳南山一家企业工作。正当我举棋不定时,一位历史学家对我说:"去,快去! 毫不犹豫地去,深圳南山可是个好地方啊! 据我们考证:家喻户晓的颂语'福如东海,寿比南山'正出于此。深圳南山东面海域的后海一带蚝民世代养蚝为生,年年丰收,丰衣足食,福气像东海那样无边无际。在南山脚下的月亮湾,六千年前就有人类居住,相传山上两道仙水汩汩而下,泉清且甘,常饮祛病;海边有大片红树林,微风吹拂,空气清新,这里人的寿命像南山那样长久。"听罢老教授的劝言,我不再踌躇了,毅然决定去那里圆我的梦想。

那是一个春光明媚的日子,我像一只孤雁随风飞来南山脚下,栖息在涛声不歇的南海之滨。初来乍到,在朋友介绍的一家中外合资企业当工人(当时在内地,大学生当工人简直不可想象),一天上班十几个小时,上班打卡,不准会客。几个月里亲身体会到了"时间就是金钱,效率就是生命"这句口号的真正内涵。后来有两次因十分疲惫睡过时间而迟到,被老板"炒鱿鱼"。被炒后,我徘徊苦闷,曾几次想铩羽而归,但又不甘心,南山这地方就像是啤酒,有时觉得她苦涩难咽,有时又觉得她味厚醇香,但却丢不开她,离不开她,她总让人上瘾。失业的日子,我白天找工作,傍晚常常独自一人漫步在蛇口六湾海滨,任浪花荡去我的苦闷,任海鸥带去我对亲人的思念……

一天在碧涛中心旁的阅报栏见《深圳特区报》刊登南山某旅行社招聘总经理助理的广告,凭着曾在旅行业工作多年,对旅游业务熟悉,我抱着试试看的想法去应聘,果然被录取。由于自己工作出色,不久兼任业务总监和支部书记,两年后任总经理。开拓国内外旅游业务,招徕四面八方游人……在忙碌中数年光阴流逝。后来因积劳成疾,抱病数月,但不久便痊愈康复。病中我常想,人生在世,吃五谷杂粮,有谁不生病?然而我着实看到,生活在南山善良的人们都是微恙速愈,合家安康;身心均健,寿比南山。

光阴荏苒,岁月如风。数十个春秋在这个半岛上风雨兼程,曾经有过痛苦和欢乐,有过失望和希望……然而我却用自己特有的经历和方式,验证了新世纪"福如东海,寿比南山"这千古不朽颂语的真谛,度过了自己人生中永志不忘的美好时光。

1999.10

今日南山新貌

思念赣州

夜深了,我正在南国深圳家中阅读一封家书,几阵秋风,窗外那棵梧桐树数片落叶飘进我的窗棂。我随即抬头去翘望夜空,一轮圆月挂在树梢,月光轻柔地勾起我的乡思,又袭击着我脆弱的旅心。

赣州,这块红色的土地,是生我养我的故乡,赣江甜美的乳汁哺育我成长,母亲怀抱的温暖,孩提时的憧憬,我们胆怯的初恋和浪漫的青春学生时代……二十多年的成长和奋斗轨迹,扫描在赣州这个多姿多彩的屏幕上。

记得七十年代初,在赣州市一中念初中时,校园里廉泉旁有一个"夜话亭",亭中柱子上悬挂邵莲士撰写的一幅对联:"寒灯相对记畴昔,乔木如今似画图。"北宋绍圣元年,苏东坡与阳孝本"偕游祥符宫,复观廉泉于光孝寺左,作廉泉诗"。两人情谊甚笃,于廉泉旁促膝夜话,通宵达旦。后人为纪念两位先哲,遂在泉边建夜话亭。夜话亭里,曾经回荡过我们琅琅的读书声,也曾倾听过我们关于理想的交谈。

在校门口的左侧,有口古井,井水犹如潮水,定时上涨,时辰不差,天天不误,故称三潮井。记得下午放学后,我们几个同学如小猫般依偎在居住井边的魏奶奶腿上,要她给我们讲三潮井的故事，她手中的蒲扇有一搭无一搭地赶着蚊子并绘声绘色地说："从前有个叫桂生的后生仔，自小失去父母，孤苦一人，在这井边搭了一个棚子居住，靠卖豆芽苦度时光……"那美丽的传说故事，迄今还在我的耳边回荡。

61

后来我在赣州念完大学，参加工作，成家立业……八十年代末，由于不满足于自己的那份工作，便背井离乡，随南下大军，风风火火闯深圳。来到陌生城市的一个人就像随风飘来的草芥，在高楼的威逼下，显得异常孤单和弱小。通过几年的努力拼搏，在生活稳定之后，回首往事，才清晰地感到，故乡作为一个地缘概念及血缘的投影，在游子的心中如雪夜炉火，永远充满了盈盈暖意。

世事如棋，人生如寄。缕缕乡情随着岁月嬗变，一层层地包裹了整颗心，一触及就会有所思，有所感。尤其是在交通极为便利的今天，由于工作冗繁，难得回乡一趟，于是只有常常做怀乡之梦，梦魂就像浮萍，兀自在那赣江上荡漾。有一次，我梦中回到赣州，像以前在旅行社工作时当导游那样，我右手举着一面小黄旗，陪同一批海外客人驱车到离赣州市 10 公里的江南第一石窟——通天岩参观游览，那丹崖绝壁上的 358 尊唐宋造像和一百二十八品题刻，令游人赞叹不已，留连忘返，他们争相拉着与我合影留念。尔后我们又去参观始建于北宋嘉祐年间的八境台，当我们登台凭栏远眺，城外的山水田园之美，城内的亭台楼宇之秀尽收眼底……梦中醒来，全身都被汗水湿透，我在问自己：我真的回故乡赣州了吗？

虽然故事已经成为过去，梦境又是一座断桥，然而乡土确实是一种根，是一种可以作为依靠的象征，是生命力的来源。我常想，在异地他乡我能为故乡做些什么呢？于是拿起笔一年写了 20 多篇介绍赣州的文章,发表在香港和深圳的各大报纸上,引起了许多人对家乡的关注;引荐过数批美国、葡萄牙等国家和港澳台的客商到故乡考察。只要对家乡有益的事,我都乐此不疲,"羊有跪乳之恩,鸦有反哺之义",何况人呢?

近些年在报纸上,在电视上,在亲人的家书中,我看到故乡已经发生了翻天覆地的变化。长期生活在盆地中的乡亲,大京九打开了老区通向外面世界的通道,也启动了思想解放的大门,昔日宁静的赣州城而今人头攒动,客商蜂拥而至,处处回荡着南腔北调,处处洋溢着一派欣欣向荣的景象。身在他乡的游子,心中感到无比的欣慰。

思念赣州,思念我的亲人,期待我的梦圆!

赣州八境台

斗 笠 情

家中收藏了一顶青篾编制的斗笠,岁月的尘埃虽然将它抹得古色古香,但每每望着它,心中便氤氲着往日的恋歌,勾起我难泯的乡情。

二十五年前,16岁青春年华的我,高中毕业后便卷入上山下乡的滚滚洪流,在江西赣南一个偏僻的小山村插队落户。当我们13名来自不同城市的知青坐着解放牌大货车抵达公社时,逶迤的田埂上近百名社员夹道欢迎我们,公社知青办主任在致完欢迎辞后,宣布一位斗笠世家的主人、已有几缕白发的钟爷爷给我们每个知青送一顶斗笠,斗笠上赫然写着几个红色大字:"广阔天地大有作为。"当钟爷爷走到我跟前时,伫立良久,仔细端详我那白嫩的脸和剪得整整齐齐的小平头,叮嘱我:"后生仔,在田里做功夫时戴着它,遮遮太阳,遮遮风雨。"

说来也巧,当天下午我便由公社知青办分配到钟爷爷所在的生产队,钟爷爷和其12岁的长孙领着我到他们家住下,从此开始了我的知青生涯。在生产劳动之余,我常到钟氏祠堂去看钟爷爷一家三代人编制斗笠。一根毛竹经过锯、劈、削、刮,便成了百根又薄、又细的篾丝,再经过巧妙精心的编织,中间夹上竹叶,转眼便成了一顶顶漂亮的斗笠。他们不但编得又精又快,而且能用青篾丝在斗笠上编出各种美丽的图案,或福寿双全,福到眼前;或春燕双飞,喜鹊闹梅;或丹凤朝阳,荷花出水……

记得有一天晚饭后,在钟氏祠堂里,昏暗的煤油灯下,钟爷爷一边编织斗笠,一边给我讲述一段往事:"当红军北上时,我们村赶制万顶'红军笠',全村男女老少都聚集在晒谷坪上,一边编斗笠,一边唱山歌,大家忘了白昼,忘了饥渴,手被篾条刮破或拉出血痕也不觉疼痛。每顶'红军笠'都编得扎实精致,而且都用红漆画有镰刀、斧头图案,写着'中国工农红军'、'革命到底'等字。不久前县博物馆的同志来我们家时说,北京中国革命博物馆还收藏我们当年编制的斗笠呢!"此时的钟爷爷脸上洋溢着自豪的微笑。

在下放近四年的时间里,我戴着钟爷爷送给我的斗笠,烈日当空时遮阳,雨水下落时挡雨,闷热难耐时招风……这顶斗笠陪伴我渡过了一段永志难忘的下放岁月。

1977年高考恢复后,我考取了南国都市的一所大学,与我形影不离的斗笠随我一起到了学校。每当戴着它,我便有一种亲切、淳朴的感觉,似乎还能闻到一股泥土的芬香,仿佛置身于第二故乡的田园风光之中。

雨天去食堂吃饭、上课、上街,或去郊区旅游、下乡调查我都戴着它,当年都市街头涌动着伞花汇成的彩流,我却依然戴着斗笠,甩着两手悠哉游哉。行人看见我头上的斗笠像飞蝶似的,或注目相视,或指指点点。有一次在街上几位风姿绰约的姑娘竟拦住我,打听这斗笠是从哪儿买的?其中一人还提出以手上漂亮的自动伞与我交换,我婉言谢绝了。

因为这顶斗笠，我也很快成了学校的"知名人士"，只要一提到"那个戴斗笠的人"，大家便知道是我，也很快就能找到我。这斗笠还给我带来了不少"光荣"，我好几次被来学院拍电影、电视的导演请去充当剧情中戴斗笠的红军战士或农民。大学毕业后因斗笠太陈旧就很少戴它了，收藏家中。

今年春节前，86岁高龄的钟爷爷托其长孙土喜给我来信说：京九铁路从我们家乡通过之后，家乡的斗笠又飘遍了大江南北，来赣南的海内外旅游者络绎不绝，纷纷购买"红军笠"作纪念，家乡人抓住机遇大做"斗笠文章"，现在家乡的斗笠不仅仅当作防雨防晒的工具，而且成为舞台道具、旅游纪念品、室内外装饰品……

读着这封来信，望着家中悬挂的那顶斗笠，我泪眼模糊了，人生之旅，怎么也走不出故土编织的阡陌，怎么也跨不过曾经热血冲洗过的渠沟！

1999.8

病 中

俗话说："没啥也别没钱，有啥也别有病。"这话一点也不假。然而，这只是人们的一种美好愿望而已。

人生在世，吃五谷杂粮，有谁不生病？不论是大人小孩，穷人富人，高官百姓，谁也无法逃避临身的疾病，只是病情的轻重，痛苦的长短不同罢了。童年病中的幸福，中年病中的无奈，老年病中的恐惧，一如无所不在的幽灵，陪伴每个人走完一生。

我幼时孱弱多病，常常晚上发烧，梦呓不断，此时慈爱的母亲就紧紧地把我搂在怀里，用一块湿毛巾敷在我的额头，轻轻地拍着我的背部，并问我："老仔，在什么地方吓到了？"我就胡说一通在某某大树底下、在某某小桥边被牛吓了。于是母亲连续几天的傍晚背着我，手端一碗米饭，带上一把香烛，到我胡说的地方叩头祈祷，还拿着一张捞鱼用的小网，在那里不停地捞着，嘴上喃喃自语："老仔，回来哟！快回到自己家哟！"长大后我才明白，这是我们家乡的一种风俗，为病童捞回被吓掉的魂魄。

除了祈祷和捞魂外，母亲还带我去村里一位世医郎中那里切脉，尔后郎中抓了两包草药。回到家中妈妈将草药熬好后，我呷一口那苦苦怪味的汤水，就大声哭喊着，怎么也不肯喝。守候在身边的母亲一边祈求一边哄着我说："乖孩子，喝，快喝吧！喝完了妈妈给你水果糖吃。"听到有糖吃，我顿时露出笑脸，自己捏着鼻子，端起药汤咕噜咕噜几口就喝了，然后伸出小手，问妈妈要糖吃。那苦后甜来的滋味，迄今还留在我的牙根里。

小时候喜欢得病，有病可以在爸爸妈妈面前任意撒娇，干了坏事不会挨揍；有病可以不去上学，家里好吃的东西都留给我吃……儿时的病中是幸福的。

也许是母亲那份爱和虔诚感动了上帝，我体弱多病的状况有了根本好转。记得八九岁时，母亲带我到一个道观里，找到一位长着齐胸胡须的道士算命，母亲将我的姓名和出生时辰告诉道士，那道士便闭着双眼，扳着手指，自言自语，尔后摸着我的头说："这孩子耳大鼻大有福气，嘴大牙大吃四方，手大脚大劳碌命……要特别注意第三或第四个本命年，这是人生的一道门坎，跨过去了就平安大吉了。"

自此以后，我身体棒棒的，几乎没有进过医院的门，自然就把那道士的话忘到九霄云外了。直到丙子年，刚刚走进我三十六岁的门坎，突然病倒，且病入膏肓。我忽然想起那道士的预言，仿佛真的要过"鬼门关"了。

我不相信命，但却无法逃脱病魔的纠缠。那天从国外归来，没有任何预兆和感觉的一场大病突然袭击我，妻子陪我去医院检查，结果出来后医生背着我将病情告诉我妻子，妻子见我后顿时心情沉痛，眼泪夺眶而出，此时的我自然感觉到了病情之严重。根据医嘱到广州住院治疗。病床上一躺就是近五十天，饭菜不能吃，人不能行走，天天打针吃药，体重急剧下降，几乎是奄奄一息。

病中的我当时是某国有企业的总经理，副总刚刚调走，一个近百人的企业没有头怎行？出于公心，我忍受着病中的痛苦，多次打电话和写信给上级领导，要求选派一名副总经理主持日常工作，上级领导在征求我的意见后，我推荐的一个部门经理任职。起初那位刚上任的副总还常给我来电话说叫我安心养病，公司的事他会管理好。可是时隔不久，他为了夺取总经理这个位置，立即恩将仇报，多次向上级反映说我已经丧失工作能力，在未告知我的情况下将我办公室的东西全部清掉，自己搬进去办公，将我的社会保险和医疗保险全部停缴，有客户和朋友打电话找我，他说我在广州治病快死了。于是引来许多朋友的不安，纷纷到广州和家中来看望我。

面对疾病的纠缠和世态的炎凉，我确实无奈。然而数年过去了，我并没有死，我依然潇潇洒洒地活着，依然在新的工作岗位上愉愉快快地工作着。从病中我感悟到：只要有自信和勇气，有豁达和大度必定能战胜病魔。若当年那位道士还在，我要在南国自豪而大声地告诉他："我已经胜利冲过了第一道命运之坎！"

在身体和心灵受过伤痛之后，渴望的是健康，淡泊的是名利。渐渐地我习惯了退让，变得谦和容忍，那位对我"惨无人道"的"接班人"，几年来我确实在内心深处是非常感激他的，没有他这么咄咄逼人，倘若仍挑着企业这副重担，我的病不可能有这么快痊愈，是他把我赶到了一方康复之园，在那里接受艺术的薰陶疗法，自珍静养，营造了一个洒洒脱脱的好心态。他接替我仅干了一年多的时间，因管理不善，企业亏损，濒临破产，被政府"抓大放小"而放掉，收购单位立即叫他下岗了，现在我依然祝福他……

回顾病中的情景，有一天我请著名书画家田原老先生用三尺宣纸给我写了一幅对联"世事每逢谦处好，人伦常在忍中全"，田原先生每次见到我就说，我给你书写的那幅对联内容就像是你这个人。

有病更知生命宝贵，病后更热爱活着的日子。病是一支永恒的歌，引亢高歌过的人，或许不会再站在春天的枝头虚度年华，或许不会再畏缩在秋风的夕照中追忆生命远逝的旧梦……

1999.4

在银色的月光下

仆仆劳顿于人生途中,难得有今天这样的闲暇和心情,携着爱人和孩子,漫步在南国椰林树下的海边。我们数着渔火,数着星星,对着自然的圆满,量着步步的渴慕。

树影婆娑,海风飒飒,蓦然间,一轮浑浑圆圆的明月从海上冉冉升起。也许是经过海水的洗礼,月亮显得特别地大、分外地亮,此情此景,难怪乎我们的先哲会发出"海上生明月,天涯共此时"之感叹!

揽月拂发,已有几缕银丝。此时的我感到浓浓的秋意在脉里流动,寻找着月光与我人生的机缘……

梦里依稀,月亮依旧。二十三年前,我和爱人都是十七、八岁的豆蔻年华。从繁华的都市下放在江西赣南一个偏僻的小山村。记得是一个月悬中天的夜晚,劳动了一天的我们来到绵江河畔,在晚风轻拂的长堤上,在唧唧鸣蝉的苦楝树下,我们胆怯地去开启那初恋的门锁,彼此都不敢凝眸相视,只有默默地望着天空,异口同声地说:"你看、你看,月亮……"

三年后,我应征入伍,到了部队,每每午夜站岗时,见一钩弯月斜挂在树梢,月光中斑驳的树影,单调而孤独地重复着相同的寂寞的故事,我一边巡逻,一边望着月光遐想……

站岗训练,劳动学习,抢险救灾……时光如白驹过隙,四年的军旅生涯转眼就过去了,我退伍回到原籍。此时的她回城两年,已在市里一事业单位从事会计工作。睽违数年,相见甚欢,一个夜晚,我们相约漫步在一条古老的小巷。银辉淡泻,桂影摇曳,我们依偎着,倾诉多年的离情别恋,积蓄的情感像浓墨在宣纸上大片大片地洇开来,那一种淡得摸不着又浓得化不开的情结,仿佛徐志摩的诗,氤氲出来的是一个不眠之夜。

可我天生就不是一个囿于现状的男子汉,总觉得在岁月在我的人生履历上,尚有一段空白等着我去留下各色的印痕。八十年代后期,我凭着对南国的几分执著和憧憬,随南下大

深圳月色

军,风风火火闯深圳。

初来时感觉到这里的水似乎不如家乡的甘甜,这里的风似乎不像家乡的和煦,连太阳也似乎比家乡的刺眼灼热……唯独月亮依旧,依旧是那样的皎洁,依旧是那样极易袭击天涯游子脆弱的旅心。

漂泊多年,自己终于又在这座现代化的都市里安定下来,就像今晚一样,一家人数着星星,看着月亮。

人生在世,无论身处何时何方,怎么样也走不出日月星辰的影子。然而茫茫宇宙,我似乎对月亮情有独钟,读着昨日,回味过去的月缺,便更加珍惜今天的月圆。

1999.8

同名之趣

人人都有姓名,作为文字符号,它将陪伴每个人走完人生之路。姓名也是文化观念的反映,它带着家族血统的烙印,凝聚着父母的深情厚谊和殷切期望。然而,芸芸中国十多亿人口,在几千个文字里滚来滚去地排列出两三个字作名字,难免有许多人撞得人仰马翻,同名概率实在不小。

记得上初中时,班里有两个男同学叫刘小明。同名既难住了老师,也造成许多误会。当老师叫刘小明回答问题时,两个刘小明都"唰"地站起来。高个子刘小明家住学校附近,一天傍晚,他爸爸妈妈到校园散步,见到一张旷课名单,其中有刘小明。父亲怒气冲冲回到家狠狠揍了无辜的儿子一顿,任他怎么解释也听不进去,还说:"那榜上清清楚楚写着初二(3)班刘小明,你还撒谎?"

百家姓中,"龙"字号凤毛麟角,但世界之大,无奇不有。我在内地工作时,曾与同事驱车来深圳旅游,到河源时天已黑,便商定小住一晚。正寻酒店时,忽见"龙辉宾馆"四个霓虹灯大字映入眼帘,我便盛邀同事去"我的酒店"住宿。登记入住时,正巧酒店总经理在大堂,听总台小姐介绍后,他看了一下我的身份证说:"我们酒店开业已23年,但你出生早于我们酒店,看来我们侵犯了你的姓名权,今晚你的住宿费全免!"同伴哈哈大笑,说我运气真好。

也有难堪。那是在一个万人宣判大会上,法院院长在主席台上庄严宣布:"盗窃犯龙辉,男,27岁,去年三月以来,伙同他人盗窃某厂钢材12吨,铝材3吨……依法判处有期徒刑6年。"大会结束后,家里电话铃声不断。有位父亲的同事来电惋惜地说:"龙辉这孩子我们从小看着他长大,聪明好学,礼貌待人,怎么会走上这条路?"也有朋友给我妻子打来电话安慰道:"大姐,别难过,有事需帮忙尽管说,龙辉哥在不在小弟一个样。"家人看到一个好端端的我就坐在他们身边,只有摇头叹息:"看来你得改个名字了。"

来深圳后,无意中又看到过龙辉花园、龙辉贸易公司、龙辉照相馆、龙辉皮鞋店……自己独享这么多年的名字,怎么突然就成了别人的招牌,就摇头,就好笑。

同名,既带来愉悦,也带来烦恼。

1997.10

杜鹃花盛开的时候

杜鹃花盛开的时候，我回到了久别的赣南一个偏僻的山村，生我养我的故乡。

走在蜿蜒曲折的山间小路，迎着暖融融的春风，故土的气息一阵阵地扑入心扉，远望数十里的山野一片丹霞，灿烂如锦，殷红欲燃。"花开是一种催促"，望着家乡的杜鹃花，我按捺不住激动的心潮，恨不得立即就扑进家乡那花的怀抱。

我对杜鹃花有一种特殊的感情。记得小时候，每当杜鹃花开、芳草青青的季节，我和小伙伴把牛赶到山脚下，任其寻食，大家便奔上山冈，在花丛中嬉戏、笑闹。当饿了渴了的时候，就摘上几片花瓣放在嘴里细嚼慢咽，那酸甜的滋味迄今还留在我的牙根里。那时的山村，是一派升平气象，生活也过得和乐。后来我跟着姐姐到邻近的一个村庄读书了，春来花开，总要折上几枝带回家，插在盛满泉水的罐头瓶里，屋内，顿时显出一派生气。

记得一个残阳如血的黄昏，耕耘了一天的爷爷端出竹椅靠在门边坐下，昏花的老眼望着通向远方的小径，给我讲起了"当年鏖战急，弹洞前村壁"的故事。

爷爷说：有一年也是杜鹃花盛开的时候，毛主席、朱老总率红四军主力,从井冈山向赣南闽西进军,在邻村的麻子坳、杏坑与衔尾穷追的敌人刘士毅部队激战,为支援红军,节省弹药,我们全村百姓提着铁皮油桶和鞭炮为红军助威。战斗打响时,我们将点燃的鞭炮放入油桶,顿时枪声、爆竹声大震,吓得敌人仓皇逃跑,战斗中歼敌、俘敌800余人。讲到这里,爷爷拿起小茶壶,呷了一口茶,语调变得低沉了。"就在这次战斗中,我们的红军战士20余人,倒在了这片杜鹃花丛中……"。

是啊,凝霞敷锦的杜鹃花,不正是无数先烈用鲜血染红的吗?

在我上大学离开家乡的时候,"开山造田"的炮声回荡在崇山峻岭中,杜鹃花也没有逃脱这场厄运,渐渐地消逝了。这里的山,别说花,连草也不长了,成了不毛之地,水土流失相当严重。

然而,世间的一切都随着岁月的流逝而轮回更迭着。当党的三中全会的春风吹到我们这个村庄时,家乡面貌日新月异,发生了翻天覆地的变化。父亲给我来信说:自从分了责任田、责任山,家乡只不过几年的时间,山又绿了,花又开了,人们的心里,也有藏不住的笑声了。我在南国的大都市读着家信,翘望故乡,仿佛见到了家乡一排排崭新的瓦房,一张张丰收后的笑脸,一片片火红的杜鹃花。

1998.7

养鸟乐

3 年前一个春光明媚的日子,我赴粤北山区采风,在一间小餐馆里购得两只羽毛未丰的小八哥。

起初,每次给这两只小八哥添饲料、换水,它们就惊惶失措,在鸟笼里乱飞乱撞。三五天后,它们平静下来,站在笼中那根横着的树枝上,瞪着圆圆的眼睛望着我,偶尔还叽叽喳喳叫几声。

也许是来到一个陌生之地,开始两只鸟白天还经常依偎在一起,互相梳毛,嬉戏玩耍;夜晚彼此用小小的翅膀拥抱而眠,一副相依为命的样子。但是好景不长,一个月后这两"兄弟"竟互相打斗,打得不可开交。那只翅膀上有几个白点的可能是"哥哥",常常啄得"弟弟"吱吱哀鸣,血染羽毛。看来两只鸟的打斗不会停止,于是我决定放生一只。打开鸟笼门,由它们自己选择去留。

"弟弟"几次走到笼门边,又退回去了。"哥哥"虽"同室操戈",但要别离时又似乎念着手足之情。大约十几分钟后,它轻轻啄了几下"弟弟"的头,叫了几声,"嗖"地从鸟笼中飞出,飞上房顶那根早已作废的电视天线支架,久久不舍离去。难道说鸟类也同人类那样吗? 有些人在一起时往往不珍惜缘分、友谊,待到分离时才感悟友情的珍贵。

留下的那只小八哥虽然孤寂一些,但不挨啄咬了,开始独自啾鸣。

几个月后,朋友告诉我,将八哥鸟的舌头剪掉一截,便可以教它学人说话了。我按朋友教的方法做了。果真八哥鸟开始学舌,几个星期后便是一口京腔了。

人世间无奇不有。"哥哥"在走后两个月,突然飞来探望它的"弟弟"。两只鸟欢快地鸣叫着,透过笼棂轻轻啄着对方的头部。

过了几个星期,"哥哥"领着一只白色头冠的同伴来见"弟弟",我想那是它的"女友"吧。以后的一年时间里,"哥哥夫妇"每周都会领着他们的"儿女"来拜见"叔叔"。遗憾的是,去年中秋后,再也没见到它们来了。

每日清晨一缕霞光从云层中透出来的时候,那只留守在我窗台上、给予我愉快的八哥鸟,便从睡意朦胧中醒来。几阵清脆的领唱,藏在远处近处的鸟儿便应和高歌,顿时奏响一曲令人心醉神迷的天籁乐章……

1996.5

作者在逗鸟

写日记其乐无穷

我从 16 岁开始写日记,迄今已 22 年了。无论工作再忙或出差在外,每晚入睡前必写日记。22 年中每天的气温、天气、早中晚工作和活动情况记录得清清楚楚、一目了然。写日记在我国由来已久,古人也有写日记的习惯。明代大旅行家徐宏祖把每天游览神州的名山大川、胜地古迹用日记形式记录下来,完成了《徐霞客游记》这部流芳千古的中国地理学巨著。近代鲁迅先生也写日记不辍。他于 1927 年到广州,天天也写日记。如:"二月十八日,雨。晨上小汽船,叶少泉、苏秋宝、中君及广平同行。午后抵香港,寓青年会,夜九时演说,题为《无声之中国》,广平翻译。"几行字,将时间、地点、天气、人物、活动等记录翔实。

不久前看到一篇访《徐迟第二次婚姻》作者洪洋的文章。文中说:"看完全书,人们奇怪于年过六旬的洪洋先生何以有这样的记忆力,书中大量的细节和准确的日子,犹如发生在昨日。洪洋先生说,这完全得益于他多年来记日记的习惯,他的很多作品的素材来源于他的日记。他和徐迟先生几乎每过两天就有一次长谈,这些谈话的内容全部记录在他的日记中。"

据说美国心理学家品尼碧加博士经过 10 多年的研究,证明坚持写日记有益身心健康。他说："真实记录心中的烦恼,感到身心轻松,你的免疫系统功能会得到加强,血压也会降低。"这真是一个大发明,信不信由你。

　　写日记我认为其实用价值确实不低。去年春,比我后一年入伍参军的 A 君来寒舍小叙, 他问我是什么时候到部队的。我翻阅了 1979 年的日记,查出:"1979 年 3 月 16 日,晴,上午10 时在操场欢迎新兵,下午进行队列训练。"还有一次,妻子问我最早一次从内地来深圳是什么时候, 我取出 1983 年 12月 6 日的日记:"阴转晴,早 6 点离韶关,下午 3 点到深圳后去看正在建设中的国贸大厦和逛东门老街, 晚宿华登宾馆。"诸如此类,不胜枚举。

　　写日记,耗时不多,受益匪浅,其乐无穷。

1998.2

季夏之夜听蛙歌

姗姗：

我迎着灼热的阳光，回到了久别的绵江上游这个幽静的小山村——哺育我们成长的第二个故乡。归来后的第一个念头是：如果你一起回来该多好！归来后写的第一篇文字就是给你的这封信。

此时，西边天空已抹去了最后一缕晚霞，夜幕像巨大的帷帘从天边挂了下来。夜渐渐闷热起来，不时从遥远的天边传来几声沉重的雷声，似有雷雨将临。我坐在明亮的灯光下执笔静思着，听窗外一阵阵此起彼落的蛙鸣，像一支撩拨人心的大合唱，激起了我多少难忘的回想……

还记得吗？十年前一个寂静的夜晚，我们并肩坐在江北的河堤上，沐浴着徐徐吹来的山风，被那美丽恬静的山村夜景所陶醉。蛙歌，时而轻柔，时而高亢；时而低沉缠绵，时而戛然而止。我们细心辨析着它们的叫声，从不同的声音中去捉摸各种青蛙的体态身形。

"咯、咯、咯……"你说那是老青蛙孤独地蹲在水塘一隅，鼓起腮帮，拉动了眼睛后面一对透明的气泡，发出的重浊、缓慢的叫声。

"呱、呱、呱,哇、哇、哇"我争着说:"那是,那是……""你的耳朵呀,只能辨别过路人的脚步声。你还知道个啥?这急促、尖利的叫唤,是脱尾不久的小青蛙,它们爱成群结队地聚在一起,举行杂乱无章的竞唱,懂吗?傻大哥。"

说完,你莞尔一笑。忽然,旁边的草丛中发出"公!公!公!"洪亮有力的叫声。我倾听一会,说:"这是一种体格健壮的大青蛙,它的后肢非常发达,跳得高,跃得远,爱生活在草丛和青青的水池里,你说对吗?……"

你没有回答我的话,仿佛陷入了沉思。打从那时起,你就常对我说,你立志做一个研究青蛙的科学工作者。于是,在你的书桌上,摆满了《青蛙每年要吃多少害虫?》、《青蛙的声囊》、《两栖动物集》等书籍和杂志,还采集了不计其数的青蛙标本,茶余饭后给大伙讲青蛙的好处……这些成了你最大的乐趣。

那时的下放生活虽然是艰苦的,但是,蛙歌启迪我们探索知识,蛙歌促使我们深深爱上这片充满泥土芳香的美丽乡村。

在那动乱的岁月里,我们和村里的农民一起吃"大锅饭",十个工分的分值才两角钱。姗姗,还记得吗?一次邻居石喜叔家没钱买盐,就叫他三儿土仔抓了些青蛙到集市上去卖。房东钟奶奶知道后,蹙紧眉头发火了:"石喜,这田鸡可是我们增产的保证,你可别干这缺德的事呀!"见此情景,你把风里来雨里去挣来的准备买书的钱,放在了土仔的手中,说:"小仔,这田鸡我买了。"当天晚上,你就悄悄地让这些农作物害虫的天敌重返大自然。谁知几天后,石喜叔为了筹办儿女下学期的学费,亲自去抓了上百只田鸡,准备背去上市,你见后又把你妈妈寄给你买衣服的钱塞在石喜叔的手里,他怎么也不肯收下,含着眼泪踏上了赶集的乡间小路。姗姗,记得吗?为此你还痛哭了一场呢!青蛙是保护水稻的益虫,难道石喜叔他们还不知道吗?可那些年月,他们确实也没办法呀。

十年过去了——人生有几个十年?在历史的长河中,十年只不过是倏忽的一瞬间。姗姗,你知道吗?这个小小的山村,真是发生了翻天覆地的变化,在这淳朴温厚的土地上,生长着新的现实和憧憬。石喜叔承包的渔塘丰收了。在捕捞的那天,石喜叔拉大嗓门喊:"小心呵,小心呵,别把青蛙蛋踩了。"他全家老少细心地把一串串青蛙蛋用脸盆装起,又轻轻地倒入水田。在这里,青蛙不仅受到法律的保护,而且从髫龄的村童到白发苍苍的老人,都自觉地爱护青蛙,集市面上买卖青蛙的情景再也不见了。

姗姗,此刻,已是月悬中天,窗外吹来一阵阵的花香,悦耳的蛙歌奏起一曲丰收的乐章。你已经是一位研究生物的技术员了,如果有暇回来一瞻故乡的风貌,我想对你的身心都会大有裨益的。

啊!回忆。回忆是什么?它是一卷人生的磁带,是一段时代的历程。大河回望小溪,已经迢迢千里;大道回首山路,更加励志向前。痛苦是可以忘却的,回忆是不能泯灭的。姗姗,你说是吗?

1985.5

灭 蚊 记

夜深人静,上床关灯入睡。

正睡意上心、两眼矇眬之际,几只蚊子悄然袭来,腿上、脚上顿时累累隆起如玉蜀黍,奇痒钻心。由于疲惫不堪,自知"无奈小虫何",抹点"清风油",然后用毛巾被包裹全身,用枕巾包裹头部(留出鼻孔呼吸)。

片刻,热得难受,不知不觉将毛巾被和枕巾掀掉。少顷,又听蚊吟。睡眼惺忪中手舞足蹈,稍有静止,蚊子蜂拥来袭。于是轻轻拉起毛巾被两角,迅速寻声扑去,用双膝压住东南面,左手和肘部压住西北面,用右手"地毯式"反复按压,然后开灯揭开毛巾被觅蚊尸,不见踪影。如此折腾几次,睡意全消,是可忍,孰不可忍也。

此时,想起灭蚊首选以毒攻之。翻身下床,穿上衣服,嘴上喃喃自语:"天下有蚊子,候夜噬人肤。"像个醉汉两眼昏花,东倒西歪下楼,骑上自行车来到早已入睡一朋友杂货店叩开大门,购得一瓶"灭害灵"。回到斗室,"嚓、嚓、嚓……"床底下,柜子后,角落里狠狠喷杀一番,戴上口罩,安然入睡。

天亮醒来,见蚊尸横陈,一个个圆鼓鼓、酱红色的肚子翘得老高老高。

是夜,蚊患不再。

一张老花床的故事

　　家里有一张曾祖父、曾祖母留下的大花床,迄今已有 110 多年了。尘封的往事,满床的典故,繁缛细腻的镂刻,光彩夺目的金箔……常常勾起我对祖先的追念和对民间艺人精湛技艺的赞叹……

　　据说曾祖母是光绪年间邻村一经营木材生意老板的大家闺秀,曾祖父当时是村里的年轻私塾先生,经媒人介绍,彼此相识相爱,喜结良缘。曾祖母的父亲特别宠爱儿女中最小的曾祖母,专请浙江东阳民间雕刻艺人费时三个多月的时间,为自己的女儿特制了这张陪嫁喜床,以表示对女儿、女婿的良好祝愿。

　　在我们这个具有几千年文明史的古老国度,生活中,床铺是男女老幼寝卧的所在,繁衍生息的诸多大事皆与床有关。故而,过去民间有些钱的人家特别讲究床铺的雕刻装饰。我们家这张老花床的床宽为四尺八,取谐音"四季发",整个床体看起来如一座豪华幽秘的厅堂,全床由人物、动物、禽兽、花卉等 20 多个吉祥饰物组成。如白头偕老、仙鹭交颈、丹凤朝阳、海燕双飞、鸳鸯合气、连生贵子、多子多福、寒冬傲菊、美艳山茶、富贵牡丹、松柏长寿、冰洁玉兰、宜兰(男)多子、杏林春宴、吉祥荷花、凤尾长蕉、鸡群鹤立、百花同庆、喜庆长流(留)等等。

床楣正中雕饰的一组以"喜"堂为中心的全家福场面,集文武全才、儿孙满堂、妻妾和睦、山林巨宅、亭台楼阁、琴棋书画、饮酒欢聚、清闲自在等幸福享乐场面于一炉,充分体现了当时的时代风貌、人们的精神和物质追求以及曾祖母的父母亲对自己女儿、女婿的美好祝福。

特别让人叹为观止的是床楣顶上长达两米的一组象征"多子多福"的《松鼠葡萄图》,七只各具神态的小松鼠跳跃于硕果累累的葡萄枝上,显得灵动可爱、生机勃勃、极富魅力……

据说按照我们家乡的习俗,当年曾祖父、曾祖母的父母亲托人将这张床送到洞房后,还举行过"铺婚床"、"睡新床"的仪式。在我们那里,铺婚床是不能由结婚人自己动手铺的,首先由男方家请择日先生选好吉日良辰,然后请母亲或长辈妇人代劳,铺床时,席下四角各放一枚铜钱。铺毕,说些"人丁兴旺"、"四季平安"之类的吉利话。为感谢铺床之恩,结婚人(男方)封上一个"利是",恭恭敬敬地送给铺床人,表示深深的谢意。在铺好床后,又按照我们家乡的风俗"睡新床",据说当年我曾祖父选择了村里一个兄弟多、父母齐全、家境较好、夫妻和睦、数代同堂的大家庭中一聪明伶俐的八岁男童石喜先陪他睡了一晚这张大花床。大床四角封有"红包",中间放着油炸果品和柚子、沙梨等生果,房中长夜点着长明灯,大床上的"红包"和各种果食全都归男童石喜所有,到天明时新郎曾祖父再封"红包"给石喜。相传,经过陪床,会带来大吉大利,招来三多好意头:多福、多寿、多丁财……

这张床凝聚着曾祖母的父母亲对他们的良好祝愿,也陪伴着曾祖父、曾祖母度过了风风雨雨、恩恩爱爱的一生。然而，这张老花床在一个多世纪里，也像我们人一样经历了无数世事沧桑。

童年时听爷爷说，上个世纪二十年代的一个晚上，曾祖父、曾祖母正酣然入梦，邻居家不幸失火殃及我们家，曾祖父、曾祖母在一片救火声中惊醒，在巡视了家里人都安全撤离后，他们立即打开窗户，将这张大花床拆卸后从窗口搬出，刚刚搬完，大火便吞噬了我们家。这场大火把家里的一切都烧毁了，唯独这张老花床幸免于难。

当时光老人的脚步跨进上个世纪六十年代的时候，一场"史无前例"的浩劫又席卷神州大地，据父亲说，县里一些"红卫兵小将"不知在哪里得知我们家有一张"代表资产阶级思想和封建主义思想"的大花床，专门派人来搜查。因在搜查之前的半个月曾有些红卫兵来过我们村里，将祠堂门楣上的吉祥图案全都铲除了，将祠堂里的镂花窗扇、祖牌、祖师神像等全都焚毁了。父母亲意识到自己家这张老花床可能也将遭遇厄运，于是把它拆下藏在牛棚阁楼上的稻草堆里。藏好后还不到两天，果真来了数十人要我父母亲交出大花床，我父亲说：我们通过学习，认识到了这张床是封建主义的床，前天我们把它劈烂当柴烧了。红卫兵见我父亲回答干脆利落，再查东房搜西房什么也没找着，就灰溜溜地走了。

直到改革开放的春风吹到我们村庄时，一个风和日丽的日子，父母亲才将这张大花床从牛棚的稻草堆里取出，搬到门前那口古井边，小心翼翼地清洗了一个上午，晾干后重新安装在家里的左厢房里。此时，爷爷奶奶均已离开人世，轮到爸爸妈妈"乔迁"到了这张老花床"居住"。

1992 年秋天,原籍是我们老家的一位台胞领着一位姓郑的台湾收藏家来到我们家里,这郑先生目不转睛地观赏着老花床上的每一个吉祥图案,久久不舍离去。当即对我父亲说,他愿意出 1 万美元买下这张床。长期生活在贫穷山区的父亲听到这张床能换这么多的钱,确实是有点动心,但一想到这是祖先留下的传家之宝,想到这张床屡遭厄难却又"死里逃生"的历程,他婉言谢绝了。

如今,这张百余年的老花床依然安置在父母亲居住的那间老房子里,床上吉祥图案上贴的金箔依然金光闪闪,光彩照人。关于这张老花床的故事,我们的后人还会继续娓娓动听地讲述下去,而且会比我们讲得更精彩、更动人……

1999.12

书 痴

平生酷爱读书,被书迷恋得如痴如醉,简直成了书痴。

童年时受爷爷"书中自有黄金屋,书中自有妻和妾,书中自有圣贤心……"旧思想的影响,开始对任何书都爱不释手。起初爷爷教我读《三字经》、《千字文》、《百家姓》、《幼学琼林》、《朱柏庐治家格言》等启蒙书籍,幼小的心灵被中国优秀传统文化熏陶着,时隔三十多年,现在仍然能对这些朗朗上口的三字四言倒背如流。

随着年龄的增长,开始对有故事情节的书感兴趣,在念初中时,数遍通读《西游记》、《三国演义》、《水浒传》、《红楼梦》和《封神演义》,尤其是《西游记》中"孙悟空大闹天宫"、"孙悟空三打白骨精"的故事让我回味无穷。记得一次放学回家途中,因边走边看《西游记》,只顾低头看书,不知抬头看路而掉入水塘,成了个"落汤鸡",时值寒冬腊月,冻得全身直哆嗦,回到家中还被母亲训斥了一顿。我还撒谎说是放学时与同学嬉戏追逐,不小心被某同学推入水中。读高中时则比较喜欢读一些工具书,觉得要有文字功底,须多读字典、辞典,于是利用两年的课余时间,细读了《康熙字典》、《汉语成语词典》等,同时做了几乎与这几本字典厚度同等的笔记,把一些好的词语都摘录下来,迄今仍在写作时常翻阅这些资料,给予我极大的帮助。

上大学后,学校的图书馆藏书之丰让我兴奋不已,课余和周末总喜欢借上几本书解解渴,记得一个星期天,我借了一本《钢铁是怎样炼成的》在校园的小径上漫步品读,书中故事把我带到保尔为共产主义理想而战的炮火硝烟中,正入迷时,"咚"一声,不慎头撞在路旁的树干上,顿时,头昏眼花,额头迅速隆起一个如鹌鹑蛋大的肉球,疼痛难受,一个多星期后这额头才渐渐恢复原状。后来同学们常笑话我:"书呆子,何时能见到你为读书再挂彩?"

大学毕业参加工作后,已没有以往落水撞树之懵懂,但对读书之情依旧,工作闲暇、茶余饭后,书陪伴我走过寒来暑往、年复一年。近年来为适应形势发展的需要,不仅读人文书籍,而且更爱读科技书籍。日积月累,如今自家书架上,万余册藏书琳琅满目,常常令我自豪,使我陶醉。

数十年迷恋卷帙浩繁的书海,在那里默默地辛勤畅游,我并没有寻找到爷爷所说的"黄金屋",但我却寻找到了知识的宝库,这宝库里的财富,足以让我享受一生。

2000.11

谐音之尴尬

最近见报纸发一消息：深圳黄田机场将更名为宝安机场，更名原因是许多台胞不愿到深圳黄田机场换机，因"黄田"闽南语音为"黄泉"。

"福"字倒贴，谐音取义"福到了"，用栗子、枣、桂圆、花生谐音取义"早生贵子"，在我国民间，这种对语言文字的崇拜由来已久。

然而，从上个世纪八十年代开始，在港澳和国内一些经济发达地区对这种文字崇拜却愈演愈烈。阿拉伯数字中仅"9、8、6"这三个数字，给一些商家带来了巨大的经济收入，"8"能风靡全国，是粤语的功劳，"8"借与"发"谐音，而成为"意头"(即口彩)，"888，发发发"、"518，我要发"、"168，一路发"这些都成了上等的口彩。

我有一朋友在内地是做贩卖西瓜生意的，四年前买了一辆东风牌大货车，上牌时花了 5000 元，上了个"168"的车牌，每年夏天他沿 105 国道批发销售，车尚未开出五十公里，整车西瓜便销售一空，他逢人就得意洋洋地说是他的车牌号码好，是他的车牌号码保佑了他。还有一位深圳朋友前年开了一个餐馆，他选 1999 年 9 月 8 日开业，意为"久发"，在开业典礼上他还无比自豪地大声说:请各位朋友常来餐馆坐坐,今天我们选择这个吉祥的日子开业,预示我们这个餐馆必定久久长,久久发。然而,因餐馆"码头"欠佳,菜肴无特色,开业不到三个月便匆匆关门了。后来这位朋友每每见到我,都显得有一点不好意思。

近两年,据说该发的都发了,"8"有点不太吃香,"9"意为发得长久,有取代"8"的趋势。后来,又因为一些发了财的人遭绑架,去吸毒,去包二奶,导致家破人亡,又转向迷信"6",民间以"六"为顺,顺心如意,钱再多,没命去享受,还不如一切顺顺利利、平平安安。

谐音,给我们带来愉悦,给我们带来烦恼,也给我们带来尴尬。

2002.1

红叶飘时

家住深圳南山山麓,窗含巍巍南山万顷林涛。傍晚,蓦然一阵秋风吹进窗棂,昭示着季节的轮回,日月的更迭,我取出夹在书中的一片红叶细细观之,徐徐勾起我对一桩往事的回忆。

十年前一个秋高气爽的日子,和与我同来深圳找工作半个月都没着落的阿金和阿林一起去登南山,驱车来到明华会议中心入山口时,举目仰望,除偶尔几簇树木披霞、一片火红外,漫山林木茂盛,郁郁葱葱,丝毫没有北国千林似锦,溢彩流丹之景象。

于是我们决定沿着陡峭的山路,直奔那处艳若彩霞的"南国秋色"。走到近时,只见好大一棵枫树。难怪乎古人云:"北看黄栌、南赏枫叶。"在树下我们徘徊良久,各自拾取一片枫叶签上我们的名字藏于书中,约定找到工作、赚到钱后带上这片红叶相逢于阳光酒店。

不久,我们按蛇口碧涛中心前招聘广告栏的地址去应试,分别都找到了工作。阿金被一家中外合资的电子厂录取,由于工作出色,半年后便被外方老板聘为业务主管,通过阿金的努力,该厂产品很快畅销海内外,经济效益呈直线上升。1997 年香港回归前,该厂在加拿大投资办了个厂,董事会决定派阿金前往管理。1998年的秋天,阿金给我来电说,他已找了个加拿大洋妹子喜结良缘,他还说他们的业务开展得红红火火,只是身在异国他乡, 常常思念家人和朋友……阿林则被当时深圳的一家大美容厅聘为"洗发哥",由于其好学上进,洗发的同时还学会了理发、垫发、染发等手艺,1995年春他便回到安徽安庆老家,自己开了间美容美发厅,把在深圳学到的特色手艺发挥得淋漓尽致,顾客盈门,生意日渐红火,后来他给我来信说与在其美容厅打工的漂亮妹子阿娟结了婚, 还在安庆市建了幢四层楼的小洋房……我们三人中惟独我在深圳定居,并且在旅游行业一干就是十年。自从1994年我们如约带着珍藏的枫叶,相会在阳光酒店的咖啡厅后,兄弟三人天各一方,只有电话和书信来往,再也未曾见过面了。

岁月匆匆,倏忽人生已近不惑。回首当年晚秋我们在南山上欣赏那幅"非花斗妆、不争春色"的佳景,回首十年我们各自走过的艰难人生旅程,红叶飘时,一种相思和牵挂便涌上心头……

1996.10

晋代宝安孝子黄舒

　　黄舒，字展公，约西晋太康年间随父母迁徙东官郡之宝安。据《广东通志》卷四十四载："黄舒家贫力业以养父母，视膳虽盛暑未尝解冠带。亲有所欲，虽千里往焉。父母卒，皇皇如欲无生。闾巷皆谓之曾参，因名其居曰'参里'。"黄舒"孝感天地"的事迹经当时的宝安县令上报朝廷，晋帝钦旌他为"孝子"，死后赐为"乡贤"，成为古代深圳第一个有历史记载的全国名人。

　　据说黄舒自幼心地善良，非常孝顺父母，其父亲死后，黄舒这个孝子顶着烈日酷暑，背负一筐筐黄土筑坟葬父，并在父亲的坟旁搭了个简陋的茅棚，立志守孝。昼夜声泪俱下、泣声凄苦，闻者为之动容、潸然泪下。这样日夜守孝，形容憔悴，然而守孝之心不易，虽然虎啸狼嚎，风霜雨水，也丝毫不改其志，一直守了三年。后来其母亲去世后他也是如此。当时宝安的官吏和百姓都将黄舒的孝行比作春秋时的曾参，将他居所旁的无名山尊称为"参里山"(今沙井中学附近)。明清时为"新安八景"之一。古人潘辑有《参山怀黄孝子》诗云："乔木阴森景最幽，衣冠晋代羡名流。宫离禾黍家何在，碑没尘沙迹尚留。林薄飘萧啼鸟乱，山峦岑郁白云浮。递迁今古悲陵谷，千载芳名史册修。"

　　我国是个"崇孝重礼"的文明古国,清代吴正修阅黄舒故事后,感慨系之,夜不能寐,填《西江月》词一首:"人生只有一本,孝为百行之原。罔极之恩如昊天,莫忘依依膝前。　父母何等恩爱,心力费尽万千。试看能孝古圣贤,都是血性流连。"黄舒行孝是东官郡汉越地区(南北)文化大融合的一个重要标志,南宋后历朝历代的县志都把黄舒排在"乡贤"或"孝子"的首位。现在新安镇上合村黄氏宗祠是为纪念黄舒而建的,移步祠堂前,牌楼门额上"孝行流芳"四个大字映入眼帘,左右对联为:"西晋伦常南粤士,六年庐墓一生心。"坊背面石柱对联为:"名开子舆当日里,孝传司马式朝人。"现在深圳福田上沙村、上梅林村、福田村、南山北投村,宝安上合村等黄氏的历史都和黄舒有关。福田上沙村有一古老的宗祠,大门对联上刻着"参山延派,椰树长青"。为纪念这位1600多年前赫赫有名的乡贤孝子,每年清明时节,珠江三角洲特别是东莞地区都会有黄姓子孙到沙井参里山和上合村黄氏宗祠来祭扫,怀念和追思这位孝感天地、流芳百世的先祖。

2002.8

从军趣事

当过兵的人,都有一种自豪感,因为经历了部队的磨爬滚打,艰苦锤炼,在人生路上遇到什么样的困难都能笑傲对之;当过兵的人都有一种作风,一种不怕苦、不怕死,站如松、坐如钟、行如风和遵纪守法的作风。

离开部队已经二十多年了,但四年的军旅生涯曾留下很多趣事迄今还难以忘怀,有的耳赤,有的尴尬,有的忍俊不禁……

我不满18岁应征入伍,刚到新兵连封闭式训练的三个月里,天天汗流如雨。我昼夜在想,当兵这么辛苦,这么枯燥无味,这是我始料不到的,一种"羁鸟恋旧林"之感油然而生。十八、九岁的年龄,正是人生的青春幻想期,军营里千余人全都是"和尚"。记得有一次,驻军所在地师范学校的女生来我们部队体验生活,我们正在进行横向队列训练,排长叫了"齐步走"的口令,包括我在内的有三个战士,队伍行进了十几步,我们还不知道,仍在久久地向这些女生献"注目礼"。排长立即叫队伍"立定",罚我们三个战友在酷热下的百米训练场走了二十遍正步。

部队在夜间进行紧急集合训练是常事。有一天晚上搞紧急集合,紧急集合号声一响,睡梦中的我立即起床,迅速穿上衣裤,背上枪支弹药,此时虽发现裤子穿反了,但已来不及调整。没想到夜间行军了二十多里山地,不仅行走别扭,而且还磨擦双腿,令我疼痛难耐。回到军营点名和检查每个人的行装时,连长用手电筒逐个仔细检查,一是发现炊事班一战士在途中把锅摔破了,二是发现我不仅裤子穿反了,还发现我的"前门"裤扣子没扣上,露出了屁股,叫我和那炊事班的战友出列让大家看,并指着我大声说:"请大伙瞧瞧,这位双面军人的模样!"引来战友们的一阵大笑,此时的我确实尴尬不已。

在部队的第二年我当上了班长,不仅要带领全班完成射击、器械、战术等训练任务,取得优异的成绩,而且在生活上要处处关心班里的战友。部队有个习惯,如果在军营里吃饭时不够吃,炊事班应立即再煮饭,而野营在外训练时做多少饭便吃多少,吃不饱就得饿肚子。有几次我发现班里有些新兵在盛饭时,第一碗盛得满满的,吃完了这碗就没了。于是我琢磨如何与其他班"抢饭吃",保证本班战友能吃饱,吃饱了才能更好地完成训练任务。于是我悄悄地告诉全班战友,第一碗饭盛半碗,吃完后第二碗盛它结结实实的一碗,别人吃一碗我们可以吃一碗半,这个秘诀直到快离开部队时才传给接任我的班长,现在回味起来真是好笑。

2003.8

艺海听涛

赵树同印象

　　提起赵树同的名字,可能有人感到陌生。谈起那组曾经教育了整整一代人的群雕作品《收租院》,三十岁以上的人可能无人不晓,此作品便出自于赵树同教授的手笔。

　　我认识赵教授是在上个世纪九十年代初,当时我受聘任珠海平沙乐园开发指挥部副指挥长,赵教授受珠海市政府之聘,负责"平沙乐园"的规划设计。由于工作关系,我有机会与他攀谈,向他请教。我总爱在赵教授侃侃而谈时,仔细观察面前这位年过花甲,在雕塑王国中驰骋了几十个春秋的艺术家。岁月的沧桑没能给他刻下逝去光阴的皱纹,他依旧容光焕发,一双睿智的眼睛时时露出慈祥的光芒。他始终微笑着,给人一种亲切和蔼、"学问深时意气平"的长者之风的感觉。

　　赵教授是四川成都人,一级美术家,四川雕塑院艺委会主任,他是新中国培养出的第一代雕塑艺术家,刘开渠、吴作人两位艺术大师的亲传弟子。良好的艺术修养、深厚的艺术功力,再加上不竭的创作热情,敏锐深刻的创作意识,使他的雕塑无论在风格、题材上都能与现实生活紧密相连,他的作品总能在不同时刻,拨响不同的人心底最深处那根琴弦,引起人们来自心灵的共鸣与震撼。他的作品,除被誉为中国雕塑"划时

雕塑家赵树同与他的雕塑

代里程碑"的大型泥塑《收租院》外,还有《二七工人》雕塑(藏中国革命博物馆),《不屈的人》雕像(藏中国美术馆),四川眉山《苏东坡》雕像,四川西昌《彝海结盟》雕塑,四川宁州市《张露萍》雕像,成都市《芙蓉花仙》雕塑,北京毛主席纪念堂雕像(合作)。从八十年代起,赵教授以不可遏制的创作热情,在旅游景点上塑造起一座座丰碑。创作了奉节白帝城的《刘备托孤》,李鹏总理在参观时驻足凝思,久久不舍离去。武汉黄鹤楼大型浮雕《九九归鹤图》、《崔颢题诗图》(合作),北京昌平《三国城》大型群雕规划设计,北京十三陵水库堤头大型弥勒佛雕塑设计。1994年赵教授与美国雕塑家凯门在华盛顿共同举办了以两人合作的雕塑作品和各自独立创作的雕塑作品为内容的《文化桥——中美艺术合作计划》成果展,取得了圆满成功。中国驻美国大使李道豫出席开幕式并讲话,美国卫星电视台邀请作者对全美作专题讲座直播,《华盛顿邮报》以及华盛顿电视台均作了连续报道。

在我与赵教授的交往中了解到,赵教授不仅在雕塑方面颇有成就,而且是一位大收藏家。他收藏了明、清木雕花床、木雕花窗、民居花雕门数千件,收藏明、清、民国、现代各时期的精彩皮影4万余件,手抄皮影唱本100多个剧目1000余本,藏量之丰、藏品之珍,均为九州翘楚。今年夏天,我与远在海南设计《天涯海角》雕塑的赵教授联系,谈及其收藏品能否提供到深圳南山来,筹备一个民俗艺术馆,他略思一下,答应可以考虑。十月份他来到南山,先后参观了南山文体中心、天后宫和建设中的图书馆,他被南山人文化及南山铸就南山文化的决心和行动深深打动了,他立刻表示愿意提供价值约2500万元的收藏品到南山来办一个民间民俗艺术馆。他提供的清单

雕塑家赵树同与作者合影

中,除完整的明、清木雕金加彩大花床 16 张,床楣、花窗、花门 1300 多件,皮影 4 万件外,还有大量刺绣、树根雕、索码石画、名家字画、珍贵拓片、陶瓷等珍品。其收藏的珍品提供到我们南山来,不仅能丰富南山的文化内涵、弘扬我国的传统优秀文化,而且对我区的精神文明建设将起到促进作用,对明年香港回归进行爱国主义教育将产生深远的影响。

为收藏家提供珍贵文物展示的场所,为社会百姓提供鉴别欣赏的机会,让文物的价值得以充分发挥,赵教授拟在深圳南山筹建民俗艺术馆的愿望,我们期待着实现的这一天。

1996.11

走近田原

　　七年前一个春光明媚的日子，我陪同中日友好老人会访中团从广州飞抵南京访问。是日傍晚，应日本客人的要求，到遐迩闻名的夫子庙大排档吃"秦淮小吃"。当我们刚刚坐定，青瓦白墙上"秦淮人家"四个苍劲雄浑的大字立即映入眼帘。随团的日本老书法家小盐稻会心叹绝，立即询问南京导游此四字是谁写的，导游骄傲地回答说，是出自我们南京著名书法家田原先生的手笔，小盐稻先生兴奋地对我说："田原先生真了不起，在我们日本得其片纸只字莫不视为佳璧。"这是我对田原先生的初步认识，给我的印象他是一位大书法家。从此以后在连云港的花果山、黄河碑林、无锡、黄山等旅游胜地，都拜读过田原先生题写的匾额、对联和碑刻。他的书法隽秀飘逸，道劲拙朴，连绵纵横，错落有致，气韵沉雄，既得板桥神髓，又融会各个时代的代表作，形成他独树一帜的超脱风格，有"田原体"之称。

　　三年前仲夏时节，我去桂林参加一个旅游研讨会。会议闲暇去逛著名的瓦窑旅游工艺美术品批发城，在与"文雅轩"主人胡先生的交谈中，他告诉我开业以来卖出的最贵一幅画，是他收藏的江苏著名画家田原先生的作品《牧牛图》，售价为三千美元。这次我惊奇地发现，田原先生还是位大画家。之后在新华书店拜读过《田原画集》、《田原民间玩具集》，人物肖像集——《千人千面》等数十本画集。他的画风奇崛可爱，幽默风趣，画路极宽，山水人物，花鸟虫鱼无所不能。去年在出版社一位朋友那里得到一本田原先生所著的《饭牛闲话》。一开卷我便像入魔似的，近二百页的书一夜间把它读完，阅读时或大笑，或感叹，或惊奇，或沉思……伴我度过一个迄今还难以忘怀的良宵。田原先生给我的又一印象，是一位大作家。

光阴似箭，万事万物都随着岁月的流逝变幻着，唯独拜访田原先生的念头没有改变且与日俱增。去年冬天，政府委派我筹建民俗艺术馆，经领导引见，邀请田原先生为民俗艺术馆名誉馆长。自己连做梦也没有想到，田原先生会突然出现在我的面前。当握着田原先生的双手，听他慈祥地说："文化南山使我们有缘相聚南山！"一股暖流涌上我的心头。眼前这位七十一岁高龄的长者，精神饱满，身壮力健，说话幽默诙谐。

由于工作的关系，我有机会与田原先生接触。有时在他大侃学问之际，我只有愣巴巴望着他的份儿，不由得想起蒙田的一句话："渴望对方的形体学问，则略显神交乐趣之不足。"我在田原先生面前，近乎文盲，无神交之本，奈何！丙子除夕，田原先生送我一幅亲笔画《牛年大吉》，题赠"龙辉先生一哂"，让我诚惶诚恐。几个月来，匆匆拜读过有关田原先生身世和成就的文章，与有关单位在市美术馆为田原先生举办《田原书画展》，对田原先生有了更进一步的认识。

田原，字饭牛，幼时曾为地主放牛，以志不忘。虽因家贫只能小学肄业，却在社会大学里苦苦修炼，才高八斗，书画、杂文、治印、剪纸、雕塑、木刻、诗歌、对联……凡有涉猎，均有建树。田原先生为什么能从一个小学都没有毕业的放牛娃,成为大学的著名教授,成为享受国务院特殊津贴的人,在我与田原先生的接触中感受最深的首先是他的勤奋。田原先生发表和出版于"文革"前的作品上万件,大多已散失殆尽,难以统计,仅七十年代末期至今,就出版过画集、杂文等四十余本。作品曾在美、法、英等三十多个国家展出,深受海内外读者的欢迎。田原先生常对我们抱怨说:"人的一生太短暂了,从二十岁干到六十岁退休,每天工作八小时,泡泡茶,聊聊,十足只有六个小时,加起来能干几年,可怕!"因此友人说他"一癖诗书画,三绝烟酒茶",连泡茶都没时间,可见他的时间利用率之高。今年春节后田原先生乔迁新居,客厅悬挂一幅汪曾祺书赠对联:"才名不枉称三绝,扣角何妨到五更。""五更"则言其勤奋。而其阳台则改为书画室,正中挂一匾牌"难得清闲斋"。由此可见田原先生的奋发精神。其次是博学多才。田原先生平生嗜读。对书,他觉得"一日不见彷徨,二日不见神往,三日不见情伤,四日不见断肠"!田原先生少年时就能读线装本《聊斋志异》,人问其古文底子何来,他总是说他的古文老师是蒲松龄。14岁以后,读书兴趣转向中外名家之作,使他的眼界大开,为他的创作输进了无尽的养分。田原先生难能可贵之处是他从不做死学问,而是能以敏锐灵动的思维把学问消化吸收,使之为己所用。在我向田原先生请教时,随便提到某古诗句,他能倒背如流,并说出该诗的作者、年代,详解诗句之内容。有位日本朋友叫小川南流,田原先生随即出一上联对之:"大江东去。"他的文化根底之厚、艺术造诣之深在中国文坛都是罕见的。再次是幽默。与田原先生一起神聊,他总是口出珠玑,少不了几句幽默话,让你捧腹大笑,乐此不疲。他常对人说,幽默好比在面食中加上发酵粉,把一团死面弄松了。生活中有了幽默,把许多板着面孔的事也弄得轻松了。在我与田原先生在一起的日子,还感到他的大度,为人极好。

我真正走近田原先生的时间不长,可我得承认,他对我的影响是深及灵魂的,他的音容笑貌,他那博物馆似的住家常常在我的脑海中浮现……

1997.6

田原在其书画展上讲话

拜访华君武

金秋十月一个风和日丽的上午,笔者在画味浓浓、笑声朗朗的四川美术馆先睹为快,观赏了《华君武漫画展》,之后随同著名雕塑家、收藏家赵树同教授一起,拜访了当代杰出的漫画大师华君武先生。

华君武先生 1915 年 9 月出生于杭州,13 岁开始在浙江省立一中校刊上发表漫画作品,30 年代在上海给《论语》、《宇宙风》、《时代漫画》、《独立漫画》、《华美晚报》等报刊投稿。1938 年他为了抗日奔向革命圣地延安,在民族解放战争中接受了党和毛泽东文艺理论的教育。1942 年秋,曾与蔡若虹、张谔举办了三人漫画展,同前来参观的毛泽东交换意见,听取他关于"漫画要发展"的主张,并应邀在杨家岭枣园毛泽东住处,直接聆听了毛泽东同志的教导。四十年代华君武在第三次国内革命战争时期创作了贴头痛膏药的蒋介石漫画形象,它像匕首直插敌人心脏,使国民党大为恼火,以"侮辱领袖"的罪名被列入国民党特务暗杀的名单。

新中国成立后,华君武先生担任《人民日报》美术组长、文艺部主任,1953 年又任中国美协秘书长、书记处书记和文化部艺术局负责人、全国文联委员、书记处书记等职。在繁忙的工作之余,他笔耕不辍,创作了大量的国际漫画。六十年代他又勇敢地开辟了"人民内部漫画"专栏,对主观主义、保守主义、形式主义进行了辛辣的讽刺,很多作品至今仍启迪人们的思考。

三中全会后,华君武先生的才思如潮涌,作品的质量和数量令人叹服,那些专题系列漫画如《东郭寓言》、《疑难杂症》、《生活拾趣》、《猪八戒》、《笑林广告》等充分展示了华老敏锐的感觉、深邃的思想、幽默的性格、广博的学识。他像一名战士,对丑恶现象无情鞭挞;他又像一位智者,友善地指出人性的弱点,忍俊中启人深思人生的哲理。

我们来到华君武先生下榻的招待所,刚到门前就听到华老爽朗的笑声,接着便见到他精神矍烁的笑容。我将带去的一

作者(右)同华君武(中)、赵树同一起

份《南山报》递给华老,他浏览后说这张报纸办得不错,印刷质量也很好。随即我们将南山区领导在重视抓经济建设的同时,如何重视抓精神文明建设的情况给他做了汇报,华老很高兴,认为南山重视文化有远见,对提高市民整体素质将起积极作用。当我们给他介绍南山民俗艺术馆的工作情况和收藏的民间艺术品时,他夸赵树同教授做了一件比塑造《收租院》还伟大的事业。他说齐白石称"三百方治印富翁",我看你赵树同是真正的"富翁",收藏品如此之多可列为吉尼斯世界纪录。华老当即欣然同意担任南山民俗艺术馆顾问。

时间过得真快,不知不觉一个半小时过去了。当我们起身告辞并祝愿华老保重身体,华老幽默地答到:"谢谢你们,这是猫对老鼠的祝愿。"引得大家一阵笑声。在拜访华君武先生回来的路上,这位83岁的老人那幽默的谈吐,开朗的笑声一直在我耳边回响。从华老身上我悟出一个道理:生活不可能没有幽默,幽默让生活体现了活力。

1997.10

龙跃天门　虎卧南山
——何锦明书法艺术赏析

　　九年前孟春，我随旅游界同仁赴新加坡考察旅游线路。一天晚上在威信史丹福酒店，中国书法爱好者纪先生对我说："去年我们新加坡总理李光耀访问你们深圳时，我有在电视上看到，贵市府将你们深圳书法家何锦明先生书法《寿》和《岳阳楼记》作为礼品送给他。那书法之神韵倾倒许多新加坡书法爱好者。"随即取出一本台湾出版的《收藏》杂志，内载一幅何锦明"落霞与孤鹜齐飞，秋水共长天一色"草书中堂，标有在台湾拍卖底价是4万台币。因我当时从事旅游业，对书画界并不太留意，后来由于职业的改变，常有机会拜见何锦明先生并欣赏他挥毫泼墨的醉人场面，于是对何锦明先生的认识了解与日俱增，渐渐领悟到了锦明先生"奇情胸壑涌，神笔腕中来"那种通常艺术家所少有的豪情。

　　风格是书法艺术的灵魂，历代书家都十分重视个人风格的创造。锦明先生的草书植根于丰厚的传统基础上，又匠心独运，于怀素翻旋、黄庭坚逸掣笔意之中，形成了狼籍纵横，深厚多变，大江奔去，气象万千之书风。因其醉心于个性强烈的艺术风格，故有"醉书"之意，人们喜称其为"书法大侠"。欣赏和品味其书法作品，可谓满纸风雨，撼人心旌。

一是其熔铸古今,兼采众家,独成一体。南国的青山绿水赋予何锦明先生独有的艺术灵性,他自幼临池,半个多世纪在探索书法艺术的漫长历程中,遍习历代名家法帖、碑刻,在翰墨书海中信步悠游,领略古法而生新奇。由于其积学深至,心手相应,故在创作时敢于睥睨一切,目无古今,从不为法所囿,大有狂禅骂佛、解衣盘礴之风。读其《清平乐·会昌》和《三国演义开篇词》等书作,首先的感受便是汪洋恣肆、千姿百态、气势磅礴,其笔调自信、果断、乐观,充溢着浪漫主义精神,有一种震撼人心,催人奋进的力量。而赏其"飘逸"、"虚怀若谷"、"长歌吟松风"等作品,字写得疏落娴雅,飘洒灵动,体现出其书法"笔为墨之骨,墨为笔之肉"的风格特征和基本功力。他常对我们说,书法创作是作者情感的流露,在临摹历代碑刻法帖上下功夫夯实基础后,应自然随意,任情为法,力求写出龙虎威神、酣畅淋漓的自家气度来。

二是其精擅擘窠大字。历代书家都畏惧写大字,因为书画怕"挂",尤其是大字一上墙,便知功力和成败。而锦明先生的书法特喜写大作品,恢宏巨制,尽兴挥洒,一泻胸中奔涌的激情。赏其用六尺宣纸书就的"龙飞凤舞"、"天行健"和近于篆隶作品的"书道"、类似前卫派的作品"寿"和"马"字等大幅作品,字字气度开张,骨健筋活。如此大的作品,非有精湛的功力实难把握,而他却胸有成竹,游刃有余。1998年10月在北京军事博物馆举办的《何锦明书法作品展》参观者冠盖云集,由国防部长迟浩田上将率领的17位将军,中国书协的两位副主席刘艺、佟韦和中国美协的两位副主席参加了开幕式和观展,刘艺赞誉他的书法艺术表现力极强,北京市书协副主席、著名书法家张旭则当场题赠:"师宗各派成新势,笔走龙蛇任纵横。"

三是其书作谋篇布局"醉而不乱"。书法行家在欣赏书法的章法时往往注意看天头距离是否大于地脚，两边留空是否相等，行距是否小于两边空距，字距是否小于行距……锦明先生的书作从结字到谋篇、章法都表现了他不俗的笔墨驾驭能力和对儒雅清新审美意境的追求。赏其为深圳大学文学院书写的苏东坡"大江东去……"等鸿幅巨制，攲侧取势，顾盼生姿而字势飞动，气韵贯通，纵势连绵，腾挪跌宕，犹如风雨大作，点画狼籍却幻化万变，豁人胸襟。

四是不仅欣赏其书作是一种享受，而且观看他创作也是一种享受。锦明先生的作品是艺术，其创作过程也是艺术。有人说有十个书法家在一起现场挥毫，人群中大多数人都会涌到他的案前欣赏其书写过程，这确实是一点不假。宣纸铺就，只见锦明先生悬肘握笔端，先凝神片刻，大体预想一下作品的

何锦明在挥毫泼墨

风格气息、章法安排,同时又借此整理心绪,调动激情。一旦下笔则全心投入,旁若无人,一气呵成。人们的视线随笔移动,人们的心律随墨翻腾,写到得意处人们总会情不自禁地大叫几声:"好!好!好!"用书法这种特殊精神催人振奋的场面,让人们久久难以忘怀。

总之,对锦明先生的书法艺术可以概括为:气势磅礴,性情狂肆,变化万千,法度慎严。他的书法艺术成就给当代书坛注入了一股新鲜的血液,其影响和意义自不可低估。

2001.9

笔逸丰神　画流气韵

——著名山水画家黎明漫记

近日,回家乡赣州探亲,特去登门拜访了著名山水画家黎明先生。

当步入他那简陋的画室,翰墨之香、雅逸之风扑面而来;走近他的水墨丹青,一种久违的亲切感油然而生。观其画,领其意境,赏其气势,若技法不是炉火纯青,何有臻此之妙境?

赣南的青山绿水赋予黎明先生独有的艺术灵性, 数十年与山川相伴、草木为伍,勇于探索,矢志创新,他以一系列风格鲜明、个性突出而颇具震撼力的客家山水画作品,在中国画坛异军突起而引人注目,成为赣南客家山水画派的奠基人。

黎明的画,法古而不泥古,画作中表现得自信和从容,笔墨功力的娴熟和艺术家的内在激情有机地结合,使他的艺术境界达到了随心所欲,同时又收控自如的大家风度。观其曾获第五届国际书画大展金奖的《满山橙香满山歌》八尺大作,整幅作品气势磅礴、意兴盎然。画中所表现的金秋时节,层林尽染,硕果累累,脐橙飘香……以墨彩层层积染、烘罩,并施以适度的肌理印迹,将古老的客家围屋、石桥、溪水、古树和现代铁路、火车等诗意般融会在一起,局部与整体完美和谐,表达了作者对家乡"旧貌变新颜"的讴歌和赞美, 整幅巨作弥漫着作者的深邃匠心。而赏其《东江之源》、《山之魄》、《客家风雨桥》、《雨后》等作品,恰如信手拈来,随意点染,吞吐氤氲,秀润朴茂,情凝笔墨,堪称神来之笔。寓于笔墨积染中的写意,在净化了的视觉形式中显现得淋漓尽致,寄寓了画家回归自然,寻求人与自然的诗化联系。画面上那山重水复,林菁树秀,葱茂蓊郁,烟笼雾锁,流泉飞瀑的描绘,把人带入赣南的青山绿水之中。

我国的山水画,始于六朝而盛于唐宋。从宋代赵伯驹的千岩万壑、长卷巨制到马远的几笔水纹、一只钓艇的小品,无不精绝;从宋代的严谨画风到明代的大笔泼墨山水,佳作迭见。而元代倪云林的简笔疏朗的风格到清代龚半千的密笔皴擦反复加皴加染,大胆探索,惨淡经营,形成了中国画山水科的艺术特色。黎明先生正是在广泛学习前人的技法中,取材于大自然的实践中脱颖而出,形成了自己独树一帜的艺术风格,从而开创了赣南客家山水画的先河。

2002.7

《满山橙香满山歌》
黎明先生作品

在墨海中畅游

浩浩墨海，千百年来无数书法爱好者浸渍其间，不知寒暑，不知晦晴，乐此不疲，怡然自得。

我从髫龄起在爷爷的熏陶下临池习字。爷爷说先练"永"字八法，后习钱南园、颜真卿、柳公权字帖，先求平直，复追险绝，最后人书俱老，再归平正。按家中收藏的《九成宫》碑拓"永"字描红本，放学后横涂竖抹，心摹手追，循序渐进，初识门径。逢年过节，爷爷去给邻居写对联，我也随侍在侧。当时不知天高地厚，我与爷爷抢着写。及冠承师于著名书法家李振亚、袁清夷二先生，窥其藩篱，始有寸进。

近年来，因从政经商工作繁杂，无暇顾及舞笔弄墨。丙子年微恙半月，病痛似觉有缓解时，又重磨墨展纸，任笔挥洒。尺幅之内，将磅礴万物化而为一，真乐不啻逍遥云游，得到的是一种自我渲泄，一种解脱，一种满足。我那"病去如抽丝"的日子，似乎是融入书法线条的回环运转中，而不知不觉过去了。

在旅游行业工作10余载，祖国的名山大川，大都留有自己的足迹。峨眉的烟云变幻，华山的悬崖绝壁，三峡的惊涛激浪，寺宇的楹联碑刻……都给予我无比丰富的滋养。20年来先后为"凤形古寺"等十几处古寺和风景区书写楹联、碑文，同时海内外许多书法之友也互相交流，故许多作品也"流入民间"。

张佗诗曰："自乐平生多旷闲，不求富贵不为官。墨香日晕三千纸，胜似子陵垂钓竿。"涉足墨海，运笔、疾徐、结字、顾盼……笔走龙蛇，纵意所如，令人"气"生"韵"发，快乐无穷。

1999.7

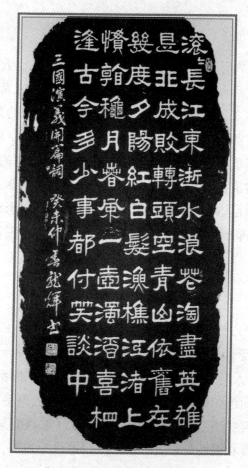

作者书《三国演义开篇词》

冷门收藏中也有"富矿"

我国收藏的历史源远流长,大小玩家难以计数。近年来,由于人们的生活水平提高,收藏已逐渐进入寻常百姓家。但是由于收藏种类众多,很多人不知从何处入手,可收藏的东西从吃饭的碗筷到各民族的传统服饰,从电话磁卡到邮票,从天然根雕到活口海龟等等,不一而足。收藏作为家庭理财的一种,选择品种非常重要。近几年,一向不为人所重视的皮影、木雕、庙画身价陡增百倍,很受收藏家们的青睐,有的如皮影目前已奇货可居到有行无市的地步。下面分别介绍一下这三种冷门收藏。

皮 影

皮影,属于傀儡戏的一种,也是中国古老的剧种。皮影戏演出用的"影人",是用驴皮或用牛皮、羊皮经过硝制刮平,根据剧中人的角色和布景的设计,进行雕刻、敷色、熨平、装订。在艺人的掌握操纵下,靠灯光的透射,将影子映现到屏幕上。随着乐器伴奏和唱腔配合,便成为"一口道尽千古事,两手对舞百万兵"的活动艺术形象。

皮　影

皮影的发源,最早可追溯至西汉汉武帝时期。13世纪中叶,元代军队远征波斯、阿拉伯地区和欧洲,将皮影传到中东地区,明代郑和七次远航西洋,也撒下中华皮影的种子。在清代中后期,列强的入侵和传教士的来往,将皮影戏带到欧洲。华侨在大量流向美洲时,也将皮影戏带到了当地。

中国是皮影的故乡,是皮影艺术的大国。中外收藏家均以能得到一套或一件中国传统皮影艺术品为荣。由于"文革"的劫难和电影、电视的冲击,这个曾经遍布神州各地的剧种逐渐衰落,目前国内仅存北京、唐山、哈尔滨、华县、长沙等五个皮影剧团,许多古旧皮影和现代皮影均被中外收藏家收购一空,形成有行无市之况。不久前,陕西华县皮影剧团应邀出访德国,演出结束后他们卖掉5套皮影家当,8个团员回来每人盖了一所小洋楼。去年我们在河北承德农村收购一套7张《二十八星宿》皮影,当时的收购价是人民币5000元,后转卖给香港一位收藏家以港币45000元成交。增值之快可见一斑。皮影收藏增值较快的一般是那些有故事情节的古旧大幅皮影(有布景、人物、家具、树木等场面)和可表演的完整皮影。

木　雕

民间木雕主要有建筑木雕、祭祀木雕和家具木雕三大类，用材最常见的是樟木、红木、榉木、黄杨木、铁力木、紫檀木、花梨木等。

建筑木雕是中国传统民居建筑中木构件上常用的装饰，其特点是空灵洒脱、平和里透出清新。过去一些客商发财之后回乡修建祠堂、宅第，明清时期渐成风气。旧时民居很讲究砖木材料的对比映衬，门窗细密，木雕构件常常镶嵌于大面积的青砖墙垛之间，静中寓动，简中见繁。梁柱、斗拱之类处在房屋粗骨架的高处，离视点较远，因而纹样比较疏朗、粗犷，制作也简略一些；窗户花格和门扇裙板则纹饰细密。从雕刻纹饰题材的角度看，前者一般是程式化的龙凤、麒麟、狮子等祥瑞动物

明代木雕《青梅煮酒论英雄》

和灵芝如意等吉祥符号,后者多是有人物的历史神话故事、戏曲故事或民俗场面。

祭祀木雕包括神龛、香案、烛台、灵牌、神像,其特点是神奇诡秘,虚幻中体现实在。神龛、香案、灵牌一般是浮雕和透雕,而神像为圆雕。神像的大小相差很大,寺观佛道神明的有高至数丈,包括儒、佛、道、神灵和地方巫术神。而居家神龛供奉的诸神小的高不盈尺。

家具木雕与建筑木雕相比,种类繁多,雕刻器物包括床铺、橱柜、箱笼台架、几案垫座、桌椅板凳等等。其特点是朴实庄重,繁密中透出秀美。家具木雕作品,大都充分显示了当时的时代风貌和人们的精神及物质追求。近几年,有些家具商用不到千元收购来的古旧家具木雕,镶在新制的家具上出手就是上万元。

家庭要收藏民间木雕,必须具备一定面积的摆放场所,有些精制木雕可以挂在客厅墙上,既有欣赏价值,又有增值机会。有些重复收藏的该出手时就出手,卖个好价再去收购更好的精品。最近我们在港、澳市场看到,5年前用三五百元收购来的木雕花板,已卖到三四千元。

庙　画

庙画,又称水陆画。中国历代寺庙中,除泥塑、木雕的神像外,还有壁画(直接画在墙壁上)和悬挂于墙壁上的挂画(即庙画)。庙画大都是官僚、绅士、善男信女们自己出资,指定体裁,向专业绘制庙画的民间艺人(亦有请当地名家作画)定购后捐赠给寺院作还愿之用。其内容大多为佛祖、道君、神仙、鬼怪等宗教和民间传说中的人物、故事,用以祈求或感谢神佛保佑,消灾祛祸,趋吉避凶,全家世代平安昌盛。

我市南山民俗艺术馆收藏有庙画 110 幅。据该馆工作人员介绍,5 年前在一些寺庙和古玩地摊上用 800 元买来的庙画,现在已经涨到上万元。谁也不会想到,这些名不见经传的"土货"今天会这么值钱。目前该馆还珍藏有明、清、解放前后的皮影 4 万余件,手抄剧本 100 多个剧目 1000 余本,各个时期精彩木雕 3000 余件。

1998.5

清代庙画

旧时深圳人过年风俗

深圳先民大多由北南迁而来，主要民系为客家人和潮汕人，散居在新安、福永、沙井、龙岗等地。因先祖之遗风，深圳人过年的风俗以它那神秘的色彩和奇妙的象征，使人感受到中国传统民族节日的气息。

贴 春 联

对联，又称楹联、对子、联语等等。它是中国特有的一种文学形式，也是我国民俗特有的一个门类。过去深圳人与汉族大家庭一样，在除夕年饭前，家家户户都打扫房前屋后的卫生，清除上年留下的旧联，贴上新的门神，换上新的对联。对联贴于门口两侧，上联在右，下联在左。门神则贴于门板上方，门神多为执鞭握剑的武门神或朝服捧笏的文门神，门神面目相对，千万别反其面目而贴，这被认为不吉利。有些人家还张贴广钱，所谓广钱，多是长 6 寸、宽 3 寸的小红纸贴在门楣上，张贴时，老人家还会反复叮咛要尽量往里弯，表示福气进门。

深圳人虽居边陲，但春节对联很讲究，大多请当时家族中的"秀才"撰写。有钱人家的正门、后门、厅堂、香火神龛、书房等都贴上对联,尤其对正门贴的对联更为考究。明朝嘉靖年间状元林大钦的"天增岁月人增寿,春满乾坤福满堂"为历代深圳人所传颂。另外如"春回大地重重喜,运转乾坤步步高"、"大地尽呈清淑气,普天同庆太平春",也在深圳广为流传。改革开放后,春联"推陈出新",不少春联带上了时代色彩,不久前我在深圳一户人家门前看到一幅"开放再乘千里马,改革更上一层楼"的对联,其内容亦与时俱进,赋予了新的意义。

吃 年 饭

一家人团团圆圆吃年饭,是过年的一场重头戏,俗称"团年"。它是对一年全家平平安安的总结,也预示着新年的吉祥和幸福。过去深圳人在吃年饭前,须先祭祖,接着在门外燃放一通鞭炮,尊长先入上席,长子携长孙坐对面席,其他依辈份长幼随坐。倘若吃团圆饭时,家中仍有远行人未归,则在桌上摆上未归人的座位及碗筷,斟上酒,象征全家人团聚,以示对家人的思念。因此,过年时远行人不管多忙、多远,总要想方设法赶回来吃这顿团圆饭。若家中有新婚夫妇,则多摆一副碗筷,取明年生子添孙之吉意。

吃年饭时,所说的话一是要祝长者"健康长寿",幼者"快快长大"或"步步高升";二是来年"风调雨顺"、"大吉大利"。总之,都要说吉利话,有些不吉利的字音非用不可时也要避讳。

年饭所备菜肴多取长与圆的形状,如鱼丸、肉丸、粉条、粉干,象征长长久久,团团圆圆。主妇在准备这顿饭时定多下些米,吃不了的留到明天,谓之有余有剩,年年有余,送走一个穷年,盼望一个新年。

放　爆　竹

爆竹，民间将其颠倒而说，又将爆的谐音"报"称为"竹报平安"，俗请接福、迎喜、接年。用爆竹渲染节日之气氛，也给每个家庭带来欢乐与希望。

过去深圳人每到除夕之夜，在吃年饭前习惯放一通爆竹，俗称"闭门炮仗"，然后一家人团团圆圆、喜气洋洋地围坐在一起，饮酒吃肉，辞岁迎年。到了岁更的子时，更是鞭炮大作，震耳欲聋，意为驱邪逐鬼，震发春阳。当时有一种说法，叫"谁家放得早，谁家过得好"，于是岁更时，家家户户争先恐后，噼噼叭叭地响亮起来。新年首次开门时往往又是一通爆竹，叫作"开门炮仗"，放三枚叫"连中三元"，放四枚叫"福、禄、寿、喜"，放六枚叫"六六大顺"，放八枚叫"新年大发"，放一串百枚小鞭炮叫"百子爆"，意为多子多福。燃完爆竹后家人会让炸碎的鞭炮纸屑覆盖自家的门前，则称为"满地金钱"。从初一到初七这几天均不扫地，绝不往外倒垃圾，谓之"堆金积玉"。

派　利　是

"利是"俗称"红包"或"封包"，包内裹着银钱。旧时的"压岁钱"，多为红线串起的一挂铜钱，挂在小儿颈上或挂在床下，俗称能护身护床、镇鬼驱祟，保佑孩子健康茁壮成长。后来则演变成用红纸包上钱币派发给未婚男女以下年龄的人。过去深圳人年初一早上，家家户户都按年龄由小到大给长辈拜年，长辈则把预先用红纸包好的钱"封"给晚辈，小至出世婴儿,大至未婚男女,均有领利是的资格。过去长辈包的利是均不是一个整数,而是取谐音来装包,如 66 元,意为新年顺心顺意,又以"六"为"禄"的谐音,取有福有禄之义;28 元,则意为"你今年有发";99 元,取数字谐音"久久",象征永久和无限地幸福……

1997.10

赏《玉壶图》

近阅《龙氏联修族谱》,谱中载有先祖大清道光辛丑状元龙启瑞一张《玉壶图》,细细观赏,妙不可言。

据云:龙启瑞之父龙光甸,于道光丁酉(1837)出任黔城(今黔阳县)令,瑞随父长居任所,经常瞻仰附近胜迹芙蓉楼。其十分敬慕"诗家天子"王昌龄,特将王《芙蓉楼送辛渐》诗后句"一片冰心在玉壶"七字篆合成玉壶形,并请名匠陈玉生镌刻成碑。此碑因由王昌龄诗句,龙启瑞构图并书,石刻名家陈玉生合作而成,世人称之为"三绝碑"(亦称"状元碑")。百余年来,慕名瞻仰者不绝,欣赏之余,争相拓印珍藏。同治年间,有一落第书生胡某,素仰启瑞功业及手迹,特地在芙蓉楼上苦读,并拓印玉壶图置诸座右,登第后,历任山西邠州永宁等地刺史,仍常以"玉壶"为鉴,因而一生为官清正,保持"一片冰心"。

"一片冰心在玉壶"

1998.8

《官箴》

去年七月陪同台湾文化界同仁赴陕西考察，在西安碑林购得一幅清代"官箴"拓片，文曰："吏不畏吾严、而畏吾廉；民不服吾能，而服吾公。公则民不敢慢，廉则吏不敢欺。公生明，廉生威。"此石刻书于清道光四年，即公元 1824 年，颜伯焘跋文，张聪贤铭文。书体为正楷，长 209 厘米，宽 83 厘米。是为官的箴言，居官的要领。

朱镕基总理曾多次讲话中提及这则名言，并说自己从小就会背这段话，他希望官员们能够记住这段话，并身体力行。今年春节，闲暇之余，用正、隶、篆、草各临"官箴"数幅。有几位当官的朋友光临寒舍小酌，均各取一幅，说将挂于办公室以当座右铭，可喜可赞。

据说"官箴"之言最早出自明代曹端之口，曹系河南渑池人氏，中举后，曾在霍州、蒲州做学正。他学宗朱熹，务重实践，被推为明初理学之冠，不仅学术纯高，而且品行卓异，其学生数百人，遍布各地。永乐十二年，曹的学生郭晟乡试中试，授西安府同知，赴任前去拜别恩师曹端并讨教为政之道，曹曰："其公廉乎！公则民不敢慢，廉则吏不敢欺。"于是这则不朽名言被"官箴"流传迄今。

明清时期,官与吏截然不同,吏没有品级,却执掌着衙门中簿书、钱谷、刑名等具体事务。一些小吏假借官威,乘机索骗,恐吓乡民,又往往窥视上司利弊,诱官以私,陷官以失廉。当官的一旦上钩,授吏以把柄,被吏左右,为吏所欺。然而这些谋贪的小吏最怕一尘不染的清官,居官者只有以廉律己,才能以廉御吏,廉则吏不敢欺。

一则"官箴"直到今天,对居官者仍有重要的借鉴价值,在公门不言利,当公法不阿亲,办事公道,出以公心,不偏不倚,百姓才能心悦诚服,否则,民则将侮慢犯之举。公生明,公才能明察;廉生威,廉才能使贪吏畏惧。当今为官者,不妨以此言为镜,经常照照,或许于己于民会有利!

1999.4

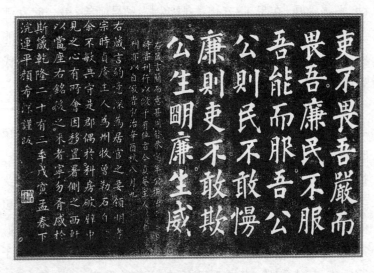

《官箴》拓片

留给人间美好的祝福

——胡锡珪《和合二仙图》赏析

　　胡锡珪,清道光十九年(1839)——光绪九年(1883),江苏苏州人。字三桥、山乔,号红茵馆主。幼习丹青,落笔便有致,及长画仿诸家,花卉学恽寿平,人物学华喦,工人物、仕女、花卉。绘画成就颇高,是 19 世纪中国画坛不可忽略的人物,吴昌硕称其精细如发,而笔锋劲励,所谓"绵里藏针"。设色雅淡,工得其神,光绪中叶,在吴下(苏州)与陆廉夫、吴昌硕等,极一时文酒之欢,而胡锡珪"善病工愁",年未及壮,英年早逝,未尽其能事,传世之作甚少。国家文物局公布书画作品精品和各时期代表作品不准出境者的 193 人,胡锡珪便名列其中。

　　和合二仙为最受欢迎的民间神之一,据说画像中一神一手持荷花,一手捧圆盒,谐音象征和合,取"和为贵"。用在婚嫁时供奉,取夫妻互敬互爱,家业兴旺;用在新春,取合家和睦。据《西湖游览志》云:"宋时杭城以腊日祀万回哥哥,其像蓬头笑面,身著绿衣,左手擎鼓,右手执棒,云是和合之神,祀之可使人万里之外,亦能回家,故曰万回。"原为一神,后改为二神。还有一种说法,唐代有两位高僧,一叫寒山,一叫拾得,同居于寒山寺,二人和睦,亲同手足,后传说化为仙童,一人捧盒子,一人手执荷花,盒盖开启,里面便飞出一群蝙蝠,寓意合能增福,和气生财。旧时富豪之家,多广收藏,悬挂于中堂之上,取谐音为吉利,家庭繁荣,富贵之意。

胡锡珪《和合二仙图》,纸本,134×74.5cm。作于癸末五月五日(即光绪九年,1883)。作此画后不久,画家便辞别人间,故此画为胡锡珪绝笔之作,是难得的一件孤本绝品,也是画家留给人世间最美好的祝福。胡锡珪笔下的和合二仙突破了民间流传的万回哥哥和寒山、拾得二圣绘画之意,创意独特,构图新颖。和仙左手持牡丹,右手放飞蝙蝠,腿置荷花,有蝙蝠飞翔后立即向人们举起荷花、远播清香之感;合仙捧盒,盒中盛满莲子,象征着"连生贵子"和不变的情谊,取和谐、合好之意。两仙人戏耍玉兰树下,呈现欢喜、祥和、富贵之气氛。此画设色淡雅,工笔传神,仪态优美,线条疏密有致,人物描写天真、活泼、传神,表达出人物的特有身份和在特定时空中的心理、神态。整幅作品淡远绝俗,质朴古雅;款字也写得秀雅超逸,清丽道美,实为清末人物画坛一奇葩。

和合二仙图

2002.5

雍容华美 笔法俊逸

——读吴玫《牡丹图》

　　吴玫,字问石,清代江宁(今南京)人,流寓上海。工山水,摹龚贤、张风,花卉仿陈淳。咸丰时寓沪卖画为生。

　　《牡丹图》,为画家吴玫1867年春的作品,纸本,规格为149×89厘米,因其专为友人汉三绘制,故"寓精工之理",实为吴玫牡丹画的代表作。画上题款:"高阁灯红醉赋诗,芳晨记取艳花时。多情不放春归去,写得群英出色姿。"

　　唐朝开元中,天下太平,牡丹始盛于长安。据传,有一次唐玄宗在内殿观赏牡丹时,问及咏牡丹之词何者为首,陈修已奏曰,当推李正封,其诗有句:"国色朝酣酒,天香夜染衣。"牡丹自此便有"国色天香"之称。

　　牡丹花开,花能盖世,色绝天下,但她能雍容大度,确实是"花开富贵者也"。欧阳修赞之曰:"天下真花独牡丹。"牡丹花成了富贵和荣誉的象征。

　　旧时富贵人家,厅堂中定挂画有彩色牡丹的吉祥图,故花鸟画家多擅长于画牡丹。吴玫一生作画,且靠卖画为生,功底厚实,运笔自如,这幅《牡丹图》,造型典雅,雍容华美,枝叶舒展婀娜;神情骨秀,色泽润藉,笔法俊逸,意境幽淡,一派明丽清新的感觉。寿石则泼墨大气,自然简练。画中牡

丹和寿石画在一起，表示着富贵长寿。是难得的一件牡丹
佳作。

2002.5

《牡丹图》

客家门榜

我的家在粤北、赣南之间的南岭山麓，那里山清水秀、莺歌燕舞……

据说，我们的祖先是在东汉末年因黄巾起义，为避战乱，从中原迁徙到这里安居的，迄今已有 1700 多年的历史了。

门榜，又称榜书，是以客家祖先名人的"嘉德懿行"来标榜门第的题书。在我们那里，家家户户都在厅堂大门上方，粉以石灰，画一匾额，书上四字(有的三字)；或制长方形石板嵌于墙上，镌刻题书，匾额形态各异，书法风格各一，既作装饰用，又标志户主的家风和品格。奇特的民居样式配上意蕴丰富的门榜，是客家人特有的文化现象，也展示出客家民居独有的文化魅力。

追溯门榜之源，有些来我们村考察的文博专家说，其源于汉魏以来之门阀制度。即我国古代达官贵人大门外的两根柱子，左边称"阀"，右边称"阅"。因古人常用宅来榜贴本户的功状，故"阀"、"阅"又成为做官人家的标志，凡世代为官者，均可称为"阀阅"或"门阀"士族。"门阀"作为一种森严的等级制度，到了南北朝时臻于极盛，家世声名成为衡量一个人身份高低贵贱的最高标志，凡任选官吏，既不问文武才能，亦不看吏治考绩,只要祖宗是社会名流、朝廷官宦,便可以"平流进取,坐至公卿",由是矜尚门第,标榜门户,便成为当时社会的一种风尚。隋唐以后,随着社会政治经济的发展,以科举取士的选举方式全面推行,腐朽的门阀制度遭到彻底破坏。但作为一种文化传统,崇尚祖训、注重家教、礼贤下士、爱惜名节等思想观念,却被我们客家人世世代代地继承下来。历经千百年,门榜之风依然在我们那里长盛不衰,且随着社会的进步,不断地赋予新的内容,使之成为我们客家人缅怀先祖、激励子孙、开拓进取、继往开来的精神力量及维系家庭团结的重要举措之一。

去年秋天,我曾挨家挨户地去欣赏过村里人的门榜,归纳起来大体上可分为如下四类:

一是显示本姓氏谱系的高贵家风或门第。如姓"谢"的书"宝树流芳",说他们是像谢玄那样的好子弟。据说晋代谢安尝

客家门榜

戒约子侄，谢玄答曰："譬如芝兰玉树，欲使其生于庭阶耳。"
(《晋书·谢玄传》)，因芝兰玉树为宝树，故子孙以此为荣，立
为"宝树堂"。而钟姓则书写"越国世家"或"越国家声"，说的是
唐玄宗时期，钟绍京爵封越国公的历史事实。钟绍京祖籍是江
西赣南兴国人，精通书法，曾助李隆基平定韦后之乱，后官至
中书令，以功封越国公，是赣南籍的第一个宰相，自然钟姓后
裔引以自豪，门榜书"越国世家"。

二是昭示本姓氏家族的渊源。如"黄"姓的"江夏渊源"，按
黄氏，出自颛顼高阳氏，继陆终之后有南陆公兄弟三人，南陆
公居其二，居于黄(今河南光州地)，遂以地为姓。至二十三世
纪渊公，字好善，官至中书舍人，由河南徙居湖北江夏，后子孙
繁衍，遂以江夏为郡望，有卷联"征流江夏，景焕阳春"为证。而
陈姓的门榜"颍川长流"，则出自妫姓，有虞氏帝舜之后裔，公
元前264年，齐国被楚国所灭，齐王建次子桓改称王氏，三子
轸奔楚，任楚相，封颍川侯，遂迁居于颍川，复为陈姓。后子孙
繁衍，星落九野，即以颍川为其郡望。

三是反映本姓氏谱系中名人先进的事迹。如钟姓的"知音
高风"、"飞鸿舞鹤"，前者记录了春秋时期钟子期和俞伯牙觅
知音的千古佳话；后者记录了三国时期魏太傅钟繇的书法独
树一帜，其书"若飞鸿戏海，舞鹤游天"的事迹。而杨姓的"清白
传家"叙述的是东汉杨震为官清廉，一生高节。据说曾有人夜
怀十金向杨震行贿，杨震不接受，那个人说："暮色无知者。"杨
震回答说："天知、地知、子知、我知，何谓无知？"终不受贿。

四是显示其门风纯朴、吉祥、兴盛。如书写"忠厚传家"、
"耕读传家"、"紫气东来"、"春秋鼎盛"、"百世流芳"、"和为
贵"、"安其居"等等。

客家门榜虽然仅有三、四个字，然而其内容丰富、涵意深远，包含着本姓氏谱系的历史，实际上是一本"微型族谱"，其目的是在缅怀祖德、显扬宗功的同时，秉承先德遗风、彰往昭来。

仰望着一个个寓意深刻、隽永悠长和书法苍劲有力、飘逸俊秀的门榜，祖先"知音高风"、"忠厚传家"的遗风吹拂着我这个深圳新客家人的心旌⋯⋯

2000.3

客家门榜

皮影在深圳

在环境优美的深圳南山区文体中心，有一座装修古朴典雅的南山民俗艺术馆。350 平方米的展厅内，东西墙面上安装了 8 个共 20 多平方米的皮影壁窗。数十幅皮影精品在灯光效果衬托下，显得格外绚丽多彩，令众多游人驻足留连。在展厅南面，有一个设计精巧的皮影表演台，河北承德皮影传人郭利民皮影班子"一口道尽千古事，两手对舞百万兵"的皮影表演，使众多观众赞赏叫绝。

为弘扬中华传统优秀文化，让皮影艺术在深圳特区大放异彩，以皮影为主的深圳南山民俗艺术馆展有赵树同教授收藏唐山、陕西、山西等地的明、清、民国、现代皮影 4 万余件，手抄剧本 100 多个剧目 1000 余本，并在香港、澳门、法国、澳大利亚等国和地区进行了皮影交流活动。上月，该馆在深圳书城举办的皮影艺术表演和展销活动，每天观众数千，深受市民青睐。

当国内外皮影艺人和收藏家获悉深圳南山民俗艺术馆致力于弘扬中华皮影艺术时，纷纷致电致函或亲临参观，表示鼎力支持与合作。北京皮影剧团团长、路家德顺影戏班传人路联达先生在信中说："得知你们在深圳特区搞皮影艺术，我本人非常敬佩,你们做了一件很了不起的工作,谢谢你们为振兴祖国的民族艺术而呐喊。"哈尔滨市皮影剧团团长于九文先生在信中介绍说:"本剧团从 1990 年起与日本影法司剧团合作演出皮影戏至今已 7 年, 今年 10 月又赴法国参加了世界木偶、皮影艺术节,回哈后,得知你们在深圳特区从事皮影收藏和展览,影响很大,很受鼓舞。非常难得你们对古老民族艺术的热爱,我向你们深表敬意之情。"陕西民间艺术剧院著名皮影艺术专家杨飞则在信中说:"我从事皮影木偶设计制作工作 40 余年,离退之后,专门从事收藏和研究,因此,经常有中外专家、学者和热心人士来往交流,特别是近年来,国际上似乎有一股'中国皮影热',如何适应这

一形势,值得注意。"

韩国留学生在民俗艺术馆玩皮影

144

　　南山民俗艺术馆开馆四个多月来，先后收到美国五个州和澳大利亚、加拿大、德国、法国等国家的邀请函，希望皮影艺人去他们的国度表演、交流。美国收藏家约翰·凯特先生曾通过国际网络与该馆联络，表达想看中国皮影的愿望。11月中旬，凯特在看完澳门赛车后立即到南山民俗艺术馆参观良久，并当即表示愿出4万美元购买一组佛教内容的皮影，同时一再希望今后加强合作，请皮影故乡的艺人到美国去表演。

　　皮影戏是集绘画、雕刻、工艺美术、戏曲、音乐和光影表演为一体的独特的传统艺术，被称为电影的鼻祖。然而由于近几十年来的"文革"劫难和电影电视的冲击，这个曾经遍布神州各地的剧种逐渐衰落，中外收藏家均以能得到一套或一件中国传统皮影艺术品为荣。近年来，美、德、法、英、日等国皮影学会和皮影学院如雨后春笋般出现，他们派出大批人来中国收藏皮影，邀请中国皮影艺人到他们的国家表演、交流，中国皮影已成"墙内开花墙外香"之势。可见，收藏中国的传统皮影，将是继古代陶瓷、绘画之后的又一个收藏热点。

1997.12

青山绿水间的琴瑟之音

——客家情歌赏析

无论是春光融融,还是秋水盈盈,从朝霞初露的清晨到明月如水的夜晚,当你走进赣南、粤北、闽西那山青水秀的客家地区,悠扬迷人的客家情歌一定会令你如痴如醉,留恋忘返。

在浩如烟海的客家山歌中,情歌占主导地位,是主旋律。它强烈表达了客家青年男女之间互相爱慕的心情,寄托了对婚姻自主的向往和追求。它优美婉转,纯真质朴,此起彼伏地回荡在宁静的青山绿水之间。

客家情歌比兴双关,重章叠句,内容丰富,含情脉脉。细分起来有如下几种:

一是情真意切。爱情是甜蜜的,最初的异性,由于幻想的投注,成为光芒四射的偶像。例如:"妹是蜜糖甜人心,哥是清水明如镜;蜜糖入水水如蜜,哥妹今生不离分。"这首情歌表现了恋人如糖水交融、难舍难分,期盼今生今世永不分离。真可谓情真意切,如糖如蜜。"想你想你真想你,请个画匠来画你;把你画在眼珠上,看到哪里都有你"。出语天真,想象奇特,把相思相爱的深情刻画得细致入微、淋漓尽致。客家情歌,几乎都与劳动息息相关。劳动是爱情的媒介,是融合爱情的河流,这种建立在劳动基础上的爱情又是那样充满生活情趣:"哥莳田来妹送秧,莳田哥哥实在忙、又要回头看老妹,又要横行对直行。"一个可爱又调皮的勤劳青年活生生地立在面前。又如:"情妹打柴下山坡,两眼只顾望情哥;一脚踢个趾头痛,只怪石头不怪哥。""妹在塘边洗衣裳,手拿擂槌眼看郎;擂槌打在妹手上,只怨擂槌唔怨郎。"少女的痴情和狂热的追求,通过打柴归途中和洗衣裳的这一特定环境,表现得活灵活现。

二是山盟海誓。客家情歌中很大一部分表达了男女青年对爱情的执着追求和爱情专一的向往,充分体现了客家人坚贞不渝的爱情观和传统美德。他们信誓旦旦,互诉白头偕老的心曲,最典型的莫过于《藤缠树》:"入山看见藤缠树,出山看见树缠藤;树死藤生缠到死,树生藤死死也缠。"这首情歌运用了"比"和"重章叠句"的手法,以物寓理,极富内涵。又如,男:"唔向阿妹吐真情,阿哥想妹跌了魂;只要同妹结夫妻,死到阴间也甘心。"女:"阿哥哇事义气重,阿妹同你结成亲;同床到老在一起,海枯石烂不变心。"合:"生不丢来死不丢,除非黄鳝变泥鳅,除非鸡蛋生鸭崽,白石岩头长石榴。"毫无掩饰的誓死相爱的坚强信念直呼而出。那生于追求,死于理想的牺牲精神,那蔑视朝三暮四、轻义重利的高尚品质,成为人们做人做事的准则。

三是相思相劝。有人说思念是一盏孤寂的清灯,总在无月亮的夜晚闪亮,夜越深长,光越澈亮。思念这一情结,古往今来产生了无数不朽之作,只要人类还存在,思念就会像爱情一样,依然是人类永恒的歌咏主题。数九寒冬,哥哥出远门去做工,妹子在寒风中常常独自站在山坳上,轻轻吟唱:"岭岗顶上一株梅,手攀梅树望郎来;阿妈问唔望脉个(什么),唔望梅花几时开。"春暖花开的时候,妹子春耕之余坐在家中绣着鞋底的时候,望着紫燕双飞,触景生情:"梁上燕子双双飞,朝晨同出暮同归,阿哥出门无信传,目汁(眼泪)流干无人知。"在思念远方情人的同时,又当心对方有花心,于是默默地奉劝自己心上人:"米筛筛米谷在心,嘱妹连郎爱真心;莫学米筛千只眼,要学蜡烛一条心。"

四是苦味悲歌。爱情并不全是甜蜜的,正如东坡所言:"人有悲欢离合,月有阴晴圆缺,此事古难全。"客家情歌也蕴含着许多苦味悲歌。一灯如豆,寒夜难熬,十八九岁的成熟少女,面对孤灯,守着唔呀学语的"郎君",多少苦凄的泪水往肚里咽,多少压抑的苦悲从内心迸发,她们低声吟唱:"十八妹子三岁郎,不知是仔还是郎;等到郎大妹已老,等到花开叶又黄。"用极质朴的言语,吟出被封建婚姻制度摧残的客家女子内心深处郁积的悲苦和无可奈何的哀怨。封建势力对于自由恋爱的阻拦与破坏,也激发了客家青年男女对它的反抗:"打也唔怕骂唔愁,前门打来后门溜;打得皮滚筋勿烂,唔死不愿把哥丢。"它在反映封建势力破坏纯真爱情的同时,也塑造了客家女子至死不渝的坚强形象。歌中所表现出的爱情力量是如此之坚,如此之重,甚至敢于唱出这样的豪言壮语:"生要恋来死要恋,不怕刀枪等门边;砍头恰似风吹帽,坐牢好比坐花园。"

五是含蓄幽默。客家情歌不同于那些读后让人莫名其妙的诗歌,它语言精炼朴实,咏景抒情,饱含着情义无价的真谛和引人深思的艺术哲理,以其形象思维的真善美,有不胫而走之风,有不翼而飞之云。"说哥知,说哥养狗莫养鸡;狗叫三声妹就到,鸡啼一声就分离"。让人忍俊不禁。更有:"麻脸好,麻脸也有人来怜;不信你看菠萝果,外面麻脸里面甜。"幽默风趣之歌令人回味无穷。

　　客家人素有"出门即山歌不断"的爱唱山歌的习惯。客家情歌在传唱的千锤百炼之中,不仅精练,而且形象性更鲜明,言情情浓,表意意洽,是民间歌手的艺术结晶,它不愧为中华民族艺苑中一束独具特色的奇葩异卉。

1998.5

后　记

　　在整理这本小集子的时候，我就一直在思考给书取个什么名字。有一天深夜细读《宋词三百首》时，偶吟蒋捷《虞美人》词，其中有"壮年听雨客舟中"句，回首自己那随风飘逝的岁月，虽不是"去国怀乡，忧谗畏讥"的"迁客骚人"，却是"萍水相逢，尽是他乡之客"的旅途人生，于是以《客舟听雨》定为书名。

　　漂泊无根的无奈，随缘任运的洒脱，舟车劳顿之余，山景水色随拾囊中，在报刊发表的近千篇拙作中挑选数十篇汇成册子，也算是实现了"人终为灰土，书终以传世"的一点小小愿望吧。

　　这些年来，我一直在思索着一个问题：人短暂的一生应该怎样度过。一个人，从出生到离去，也就如一片树叶悄悄地发芽、吐绿、长大、遮荫蔽日，然后，簌地飘落。我从 16 岁开始便怀抱着美好的理想去奋斗、去拼搏，高中毕业就投身于"知识青年到农村去，接受贫下中农再教育"的滚滚洪流中，"脸朝黄土背朝天"，两个春秋后又当上了兵哥哥，在部队曾任文书、班长和代理排长，获得过福州军区授予的"神枪手"称号。退伍后当过排字工人、报刊校对，接着又当过大型国有企业的组织部干事、党委秘书，千余人企业的党委书记，期间还考上了大学，攻读经济管理,毕业后当过贸易公司的总经理,做过黄金、钢材、汽油等生意。一天在报纸上见招聘旅行社总经理的广告,自己抱着试试看的心理,果然在30多名应聘人员中脱颖而出,加入了旅游行业。当"一位老人在南海边画了一个圈",人们风风火火到南国寻梦时,我又背着简易行囊随着南下大军闯深圳,先后任某国际旅游发展有限公司和某国际旅行社总经理。后又与著名雕塑家赵树同先生和著名书画家田原先生一起创办一文化事业单位……

拼搏加机遇,为自己的人生留下了许多难忘的故事。二十多年里曾拥有下放时满手的老茧,曾拥有当兵时的满身汗臭;曾拥有100多万元的座驾大奔驰,曾放眼世界、游遍神州……所有这些,并非于此炫耀自己曾有的辉煌,而时间老人让我顿悟了"是非成败转头空"的哲理。当步入不惑之年的门槛时,虽世间的很多事情还惑而不解,但已不屑于沉湎和眷恋昨夜星辰的辉煌,有"曾经沧海难为水"的体验,便自然萌发淡泊名利的另一种活法。

记得有人说过,人有三大追求:权、钱、自在,这话一点也不假。我未当过大官,但二十多年的小官生涯中,曾领略过趋炎附势、巴结讨好、排挤构陷、固权恃宠的景致。我曾遵纪守法地去挣钱,但收获仅是"囊有余钱,瓮有余酿,釜有余粮"而已,后来才渐渐明白"人无横财不富,马无夜草不肥"这句话的道理。如今想追求自在,但毕竟有一份工作,要努力完成上级交给的各项工作任务,又何来自在?只有在工作闲暇,"取数页赏心旧纸,放浪吟哦"了。

数年前在一茶馆抄录一幅落款是乾隆题给旅馆的长联,上联是"今日之东,明日之西,青山叠叠,碧水悠悠。走不尽粤

岭秦关,填不满心潭欲壑,智兮曹操,力兮项羽,赤壁乌江空自
刎。忙什么?请君静坐片时,思前想后,得安闲处且安闲,留些
奔波过明旦";下联是"这条路来,那条路去,岁月茫茫,人生杳
杳。留不住苍颜白发,带不去紫玉黄金,贵如李靖,富如石崇,
绿珠红拂今何在。悭怎得?与我好酒数壶,须畅饮时应畅饮,一
出阳关无故人"。我想作为一代帝王,似乎不太可能撰如此"消
极人生"的对联来告诫子民,但细细读来,颇有感慨,白云苍
狗,浮生若梦,上至帝王显贵,下至黎民苍生,谁不是匆匆舞台
上的演员和看客。

　　有了客舟听雨、坐看云起的旅程,便会在空茫的悲凉中获
得"茅塞顿开"的人生观,参透一切苦厄,把身外之物看淡,豁
达、潇洒、了无牵挂,无忧而有喜,或许这就是"淡泊明志"吧!
每天日出日落,人的一生能看到几次这样的景观?知足、惜福、
感恩……安我身,舒我意,走我路。灿烂淡泊,随宜而处;一缕
静气,常在心田。

　　在完成这本小册子的时候, 最值得庆幸的是著名书画家
田原老先生为我题写了书名, 著名作家彭庆元先生为我写了
序,这是对我的鞭策和鼓励,同时上海古籍出版社社长王兴康
先生和编辑室主任吴旭民先生给予了大力的支持, 在此一一
表示诚挚的谢意!

龙　辉

2004 年春节于深圳观云阁